Ulrich Kabitz u. a. (Hg.)
Die heilsame Reise

Die heilsame Reise

Kurze Geschichten zum Nachdenken

Herausgegeben von
Ulrich Kabitz mit Lore Graf,
Martin Lienhard und Reinhard Pertsch

Chr. Kaiser

CIP-Kurztitelaufnahme der Deutschen Bibliothek
Die heilsame Reise : kurze Geschichten zum Nachdenken / hrsg. von Ulrich Kabitz mit Lore Graf … – München: Kaiser, 1989
(Kaiser-Taschenbücher; 53)
ISBN 3-459-01798-8
NE: Kabitz, Ulrich [Hrsg.]; GT

Umschlag: Ingeborg Geith, München, unter Verwendung eines Bildes von Sano di Pietro, Siena 1406–1481
Satz: Druckerei Wagner GmbH, Nördlingen
Druck und Bindung: Clausen & Bosse, Leck
Printed in Germany

Inhalt

I. Betroffen sein

II. Sich aufmachen

III. Widerständen begegnen

IV. Spielräume wahrnehmen

V. Sich erinnern

VI. Überlieferungen aufnehmen

VII. Neu werten

VIII. Rollen verändern

IX. Neue Horizonte entdecken

Vorwort

Die Vorliebe für kurze Erzählformen, für die Parabel im besonderen, hat so etwas wie eine eigene literarische Kultur entstehen lassen, an der ganz verschiedene Interessen Anteil haben: literarische selbstverständlich, aber auch Philosophen, Theologen und Naturwissenschaftler sind zu solchen Erzählern geworden, während auf pädagogischem und therapeutischem Felde Mythen, Märchen und Fabeln eine beachtliche Rolle spielen. Alles in allem handelt es sich hierbei um eine Wiederentdeckung von Literatur, in der sich »Weisheit« äußert, wie wir sie aus Stücken des Alten Testaments kennen.
Auf diese Weise haben sich uns in den vergangenen Jahren allerhand Bereiche erschlossen, haben wir Märchen und biblische Texte, chassidische Erzählungen und fernöstliche Legenden neu lesen gelernt, weil sie in einer besonders verdichteten Form Lebens- und Welterfahrung vermitteln – nicht als Lehrtext, sondern eben als Geschichten, die ihre Wirksamkeit im Anstoß zum Nach- und Weiterdenken beweisen.
Der vorliegende Band mit seinen 115 Texten spiegelt die Vielfalt dieser Entdeckungen. Sie greifen zurück auf klassische und moderne Literatur, auf Mythen- und Märchensammlungen aus verschiedenen Ländern, auf Veröffentlichungen der Kommunikationsforschung wie auf Funde aus der Tagespresse. Dabei hoffen wir, daß unsere Leser in dieser knappen Auswahl an so viel Überraschungen geraten, wie es uns selber beim Sammeln und Sichten ergangen ist.
Der Titel »Die heilsame Reise« ist übrigens nicht von ungefähr gewählt. Die Gliederung hat sich uns nämlich wie von selbst so ergeben, als zeichneten sich darin die Etappen eines Weges ab. Es ist der Weg eines Schritt um Schritt bewußteren und aufgeschlosseneren Lebens. »Betroffen sein« (I) meint das Erwachen zu einem tieferen

Wahrnehmen der eigenen Befindlichkeit, des persönlichen Gegenübers und der Umwelt. »Sich aufmachen« (II) gilt dem Wagnis des Aufbruchs zu neuen Erfahrungen und neuem Verhalten. »Widerständen begegnen« (III) bezieht sich auf die Störungen und Hemmnisse, die ein Wachstum verhindern, deren Bewältigung freilich auch Schritte zu einer weiteren Entwicklung ermöglicht. »Spielräume wahrnehmen« (IV) hat mit dem freimütigen Eingehen auf die Herausforderungen und Chancen der Gegenwart zu tun. Bei »Sich erinnern« (V) steht die Frage im Vordergrund, wie sich aus einer neuen Perspektive neue Zugänge zur Vergangenheit erschließen und ein neues Verstehen für das, was unsere Herkunft und unser Erbe ausmacht. »Überlieferungen aufnehmen« (VI) ist dem lebensnahen Umgang mit uralten Mythen wie mit biblischen Motiven gewidmet. »Neu werten« (VII) zielt darauf, wie sich aus veränderter Sicht die Fragen nach Sinn und Werten verändern. Dementsprechend faßt »Rollen ändern« (VIII) das eigene Verhalten innerhalb der sich wandelnden Rollenverhältnisse ins Auge. »Neue Horizonte entdecken« (IX) gibt am Ende den Gelegenheiten offener und verantwortlicher Hinwendung zur Zukunft Raum.
In gewisser Hinsicht ließe sich dieser Band demzufolge auch wie ein therapeutisches Lesebuch verstehen. Uns genügt es indessen, wenn unsere Leser hier zu einer entspannenden, ermunternden und nachdenklichen Lektüre gelangen; denn dann ist schon etwas Heilsames geschehen. Und es kann sich in der Form der Weitergabe fortsetzen: im Weiterschenken wie im Weitererzählen.

I
Betroffen sein

Warum reißt mich manchmal eine Begebenheit aus dem Dämmerzustand des Alltags, und warum läßt mich ein ähnliches Vorkommnis dann wieder völlig unberührt?
Ist es eine besondere Stimmung bei mir oder liegt es an den Geschichten, die ich erlebe? Braucht es allenfalls ein Zusammentreffen beider Faktoren?
In der ersten Geschichte scheint die besondere Situation – vielleicht für unsere Zeit typischerweise die besondere Stille – Auslöser zu sein für die Betroffenheit der Menschen (1).
In einem andern Fall aber scheint alles seinen alltäglichen Gang zu nehmen. Hundertmal schon ist die Frau aufgestanden und ihrem Mann gefolgt (2). Und jetzt – scheinbar ohne sichtbaren äußeren Grund – verhält sie sich anders. Es muß in ihr liegende, nicht wahrnehmbare Gründe geben, vielleicht für sie selbst unerklärlich, als ob sie von einem Anruf getroffen wäre.
Es gibt besondere Zeiten im Leben eines Menschen, in denen er empfänglicher ist für Zeichen des Ungewohnten. Das Kind (3) ist offener als ein Erwachsener. Pubertät, Krisen des Lebens oder das Altern sind weitere Lebenszeiten, in denen die Offenheit für Neues besonders groß ist (4).
Auf der andern Seite steht das Ereignis, das mich anrühren will. Das Besondere, das unbekannte Neue wird mich eher betreffen als die tausend Selbstverständlichkeiten, die ich in mein Weltbild integriert habe (5). In diesem Zusammenhang frage ich mich, warum uns wahre Menschlichkeit ungewöhnlicher erscheint als das »normale Geschäftsgebaren«, das keinem einen Vorteil gönnt (6).
Echte Betroffenheit hat so etwas wie eine Bekehrung zur Folge. Viele Bekehrungsgeschichten aus den verschie-

densten Kulturen sprechen davon. Die Betroffenheit kann zu einem ganzen »Paradigmenwechsel« führen (7, 8) oder zu einer Infragestellung des moralischen Gefüges (9, 10).
Oft werden wir aber nach einer Betroffenheit vom Alltag wieder eingeholt. Sattheit und Gleichgültigkeit verhindern, daß die Botschaft in der Tiefe unseres Herzens ankommt (11), oder sie unterdrücken die neuen Impulse wieder (12). Offenbar brauchen wir Menschen besondere Riten, damit wir nicht in die Lethargie des Alltags zurückfallen (13). Allerdings wird genau dieses Bedürfnis mißbraucht von der (Unterhaltungs-) Industrie, die wahre Betroffenheit durch Nervenkitzel ersetzt.
Daran zeigt sich, daß die Betroffenheit, die eine wahre Veränderung zur Folge hat, nicht so sehr von der äußeren Gewalt des Ereignisses abhängt, sondern viel mehr davon, was im Herzen des betroffenen Menschen vor sich geht. Da haben wir vielerlei Abwehr gegen den Ruf, der uns verändern will, aufgerichtet (14).
Echte Betroffenheit bringt uns darum im Leben ein Stück weiter. Ein neues Stück Welt wird uns entgrenzt. Erlebnisse, die uns treffen, sind Stationen auf dem Weg zur Selbstwerdung (15).

M. L.

1

Psst!

Ein Mann in einem grauen, zu kurzen Anzug, der im Restaurant allein am Tisch sitzt, ruft plötzlich »Psst!« in die dahinplappernde Menge der Gäste, so laut, daß alle, nachdem er dies zwei Mal wiederholt hat, zu seinem Tisch hinblicken und das Stimmengewoge stockt, beinahe versickert und nach einem letzten, kräftigen »Psst!« des Mannes endlich einer Totenstille weicht. Der Mann hebt den Finger und sieht horchend zur Seite und alle anderen horchen mit ihm still zur Seite. Dann schüttelt der Mann den Kopf: nein, es war nichts. Die Gäste rühren sich wieder, sie lachen albern und uzen den Mann, der sie zu hören ermahnte und die gemischteste Gesellschaft in eine einträchtig hörende Schar verwandelt hatte, wenn auch nur für Sekunden.

Botho Strauß

2
In einem Restaurant

In einem Restaurant erhebt sich eine größere Runde von jungen Männern und Frauen. Es ist bezahlt worden, und alle streben in lebhafter Unterhaltung dem Ausgang zu. Doch eine Frau ist sitzen geblieben am Tisch und sinnt dem nach, was eben an Ungeheuerlichem einer gesagt hat. Die anderen stehen bereits im Windfang des Lokals, da kommt ihr Mann zurück. Er hat, kurz vor dem Ausgang, bemerkt, daß ihm die Frau fehlt. Aber da steht sie auch schon auf und geht an ihm vorbei durch beide Türen.

Botho Strauß

3
Die Geschichte von der Nase

»Erzähl mir die Geschichte vom Mann, der die Nase verlor!« Mit diesem Wunsch überraschte mich der dreijährige Tobias eines Abends beim Zubettgehen. Du bist recht anspruchsvoll, denke ich. Aber ich gebe mir Mühe, eine »vernünftige« Geschichte zu erfinden. Ein Mann verliert bei einer Expedition in den hohen Norden seine Nase durch Erfrieren. Die ärztliche Kunst bringt es fertig, den Schaden wenigstens nach außen durch eine künstliche Nase und mit Hautverpflanzungen zu beheben. Aber die Fähigkeit zu riechen ist fast weg. In der Hilflosigkeit und weil ich Zeit gewinnen will, um über die Fortsetzung der Geschichte nachzudenken, zähle ich alles Mögliche auf, was der Mann nicht mehr riechen kann: die Blumen, das Parfum seiner Frau, den Braten, die Kerze aus Bienenwachs, die Luft im Schnee, das Holz in einer Schreinerei, frisches Brot, einen Bauernhof, die Abgase, frisch gemahlenen Kaffee, einen eben gepflügten Acker usw., usw. Und während ich erzähle, geht mir auf, war für ein großartiges Organ die Nase ist, die ich nicht verloren habe, sondern besitze. Und wir beide, Tobias und ich, staunen über das Kunstwerk Nase.

Bruno Doerig

4
Klassentreffen

Der sechzigjährige Schweizer Diplomat und Historiker Carl J. Burckhardt sieht sich genötigt, der Einladung zu einem Treffen ehemaliger Klassenkameraden zu folgen. Gedankenverloren geht er in Basel über den Münsterplatz, wo man sich treffen will. Schon von weitem sieht er sie stehen, grauhaarige Männer, und er fährt zusammen: »Mein Gott, die Lehrer sind auch dabei ...«

Marion Gräfin Dönhoff

5
Der Deserteur

Ein amerikanischer Soldat, der 1949 desertierte, hatte sich fast dreißig Jahre lang in Westberlin versteckt gehalten. Seinen Unterschlupf fand er in der Wohnung seiner deutschen Freundin, die ihn auch versorgte und gegen die Außenwelt abschirmte. Bis sie starb. Nur das Fernsehen und die Erzählungen der Freundin vermittelten ihm Eindrücke von einer sich sprunghaft verändernden Wirklichkeit. Nicht einmal auf den Balkon hinaus hat er sich getraut. So wenig waren ihm die Alltäglichkeiten seiner Umgebung bekannt, daß er nach dem Verlassen seiner Klause, als er die Polizei anrufen wollte, um sich endlich als Deserteur zu stellen, mit dem Telefonieren in einem deutschen Münzfernsprecher nicht zurechtkam. Er wußte einfach nicht, wie man das macht. Er mußte es sich von einem Passanten zeigen lassen.

Botho Strauß

6

Das war Gnade

Einmal fragte ich einen alten Mann danach, was er unter Gnade verstehe. Er antwortete mir mit einer kleinen Geschichte: »Ich war als Soldat in Rußland und dort auch nach dem Krieg als Gefangener. Ich arbeitete bei einem Bauern, dessen beide Söhne von den Deutschen erschossen worden waren. Der Bauer ließ mich nachts mit der Familie auf dem warmen russischen Ofen schlafen. Sie ertrugen es, daß ich sie manchmal berührte. Das war für mich Gnade.«
Die russische Familie, deren Söhne ermordet worden waren, behafteten den Kriegsgefangenen nicht dabei, was er war: Deutscher und Angehöriger einer mörderischen Armee. Sie teilten mit ihm, was sie hatten: ihre Wärme und ihre Menschlichkeit.

Dorothee Sölle

7
Gewitter in den Bergen

In einer stockfinsteren Nacht überraschte es uns, bevor wir den Gebirgspaß erreichten. Wir krochen aus den Zelten und kauerten uns zusammen.
Es zog über den Bergrücken auf uns zu.
Alles dunkel – kein Oben, kein Unten, kein Horizont. Blitze zuckten flammend auf, und die Finsternis schied sich vom Licht. Die Bergriesen Belolakaja und Dshuguturljutschat und die riesigen Kiefern neben uns, deren Wuchs hohen Bergen glich, hoben sich aus der Finsternis. Nur für Augenblicke schien es, daß es schon einen festen Boden gab, und wieder war alles Finsternis und Abgrund.
Die Flamme des Blitzes rückte heran. Lichtschein und Dunkel folgten einander im Wechsel – ein weißes Leuchten, ein rosa Leuchten, ein violettes Leuchten –, und immer an den gleichen Stellen traten Berge und Kiefern hervor, überwältigend in ihrer Größe. Verschluckte sie aber die Finsternis, so mochte man kaum glauben, daß es sie gab.
Die Stimme des Donners füllte die Schluchten und übertönte das ständige Brüllen der Flüsse. Wie Pfeile Zebaoths trafen die Blitze den Bergkamm, zersprangen in kleine Schlangen, in einzelne Strahlen, so, als zersplitterten sie an den Felsen oder als schlügen und zersprengten sie dort etwas Lebendes.
Und wir – wir vergaßen, uns vor Blitz, Donner und peitschendem Regen zu fürchten, wie ein Tropfen im Meer, der ja auch den Sturm nicht fürchtet. Wir wurden zu einem nichtigen, dankbaren Teilchen dieser Welt – einer Welt, die heute zum erstenmal erschaffen wurde – vor unseren Augen.

Alexander Solschenizyn

8
Das Gebet und die Arbeit

»Ich verlor ein Weib, das ich zärtlich liebte«, erzählte einst Zaluk. »Sie starb in der Blüte ihrer Jahre. Ich tröstete mich in zwei hoffnungsvollen Kindern, die sie mir gab, in welchen ich sie fortliebte. Aber auch diese riß der unerbittliche Todesengel von meiner Seite, noch ehe sich ihr Geist entwickelt hatte, in der zarten Blüte ihres Lebens.

Nun hatte die Welt keinen Reiz mehr für mich; ich floh in eine Einöde und beschloß, den Überrest meines Lebens in stillem Gebet zuzubringen. Nach dem eifrigsten Abendgebet schlief ich ein auf meiner Matte. Siehe! Da erhellte ein Silberglanz meine Höhle, und ein himmlisches Wesen, in hellblauem Gewande mit Sternen besäet, stand vor mir. ›Ich bin Elim, der Fürst der Seraphim‹, redete mich der Himmlische an und berührte meine Augen mit dem Palmzweige, den er in seiner Rechten hielt, ›Zaluk, was siehst du?‹

Ich sehe ein junges Weib, antwortete ich, in frommer Andacht hingegossen mit gen Himmel gerichtetem Blick und von ihren Lippen strömen Gebete zum Throne des Allmächtigen.

Elim berührte abermals meine Augen mit der Palme und fragte: ›Zaluk, was siehst du?‹

Ich verneigte meine Stirn zur Erde und antwortete: Das Gegenbild vom vorigen: ein junges Weib arbeitet mit reger Emsigkeit an einem Gewande, und stille Freude umleuchtet ihr Angesicht.

›Welche von beiden betet?‹ fragte Elim.

Diese Frage setzte mich in Verlegenheit; doch antwortete ich: Der Anblick entscheidet für jene. Diese arbeitet. –

›Ein Kleid für eine Waise!‹ unterbrach mich Elim lächelnd und verschwand. Am frühen Morgen erwachte ich und besann mich bald des Traumgesichts.

Ich sank in den Staub nieder und dankte dem Ewigen,

daß er mich seiner Offenbarung gewürdigt hatte. Von Stund an kehrte ich in die Welt zurück, die Pflichten gegen meine Mitmenschen zu erfüllen. Es steht mit Wahrheit geschrieben: Gebet ohne Werke ist einer versiegenden Quelle gleich, an deren Rande das Gras verdorrt.«

Aus dem Orient

9

Das Frühstück

Der Atem gefror mir am Schnurrbart, als ich frühmorgens auf dem Kutschbock die Pferde zur nächsten Gaststätte lenkte. Die Wirte wollten ihr Bier früh haben. Immerhin war ich in warmes Pelzzeug gehüllt. Anders als der arme Schlucker, auf den ich beim Vorbeifahren aufmerksam wurde. Er stand da, unschlüssig an einen Laternenpfahl gelehnt. Abgerissene, dünne Kleider hingen an mageren Gliedern herab. Dieses Bild des Jammers ließ mich, obwohl ich doch ein abgebrühter Bierkutscher bin, anhalten.

Überrascht blickte der Fremde auf, als ich ihm ein Geldstück entgegenstreckte und sagte: »Ein heißer Kaffee wird Ihnen gut tun und ein ordentliches Frühstück dazu.«

Mein Tag hatte gut begonnen. Aufrechter als zuvor saß ich auf dem Kutschbock, die Brust im Bewußtsein einer guten Tat ein wenig stolzer vorgestellt. So wenigstens war mein Gefühl.

Schließlich beim Restaurant zur Eintracht angekommen, meldete ich die Ankunft des bestellten Bieres. Beim Eintreten schon fiel mein Blick auf meinen Landstreicher. Meine gute Tat!

Wahrscheinlich hat niemand mein Erstaunen und meinen Ärger bemerkt: Der Mann saß vor einem großen kalten Bier.

Martin Lienhard

10
Gut und Böse

Die Hölle war völlig überfüllt, und dennoch stand eine lange Warteschlange am Eingang. Schließlich mußte der Teufel verkünden, daß nur noch ein Platz frei sei, nur ein ganz schlimmer Mörder könne diesen Platz noch bekommen.

Er befragte der Reihe nach die Leute, aber kein Vergehen schien ihm schwer genug für den letzten Platz in der Hölle. Schließlich befragte er einen etwas abseits stehenden Mann.

»Und Sie?«

»Ich bin ein guter Mensch. Ich bin nur aus Versehen hier«, gab dieser zur Antwort. »Ich glaubte, die Leute stehen in der Schlange um Zigarren zu kaufen.«

»Jeder Mensch stellt etwas böses an«, sagte der Teufel tief überzeugt.

»Nein, ich habe immer nur zugesehen – aber ich habe mich ferngehalten. Ich habe mich nie eingemischt, wenn sie einander erschlagen oder verfolgt haben. Ich habe nie den Mund aufgemacht, wenn sie Flüchtlinge in ihr Land zurückgeschickt haben oder Kinder verhungert sind. Ich allein widerstand dem Bösen und tat nichts.«

»Sind Sie sicher, daß Sie nie etwas getan haben?« gab der Teufel ein letztes Mal zu bedenken.

»Ja, sogar wenn es vor meiner Haustür geschah.«

»Mit Ihnen bin ich zufrieden, Sie sind mein Mann. Der Platz gehört Ihnen.«

Und als der Teufel den »guten Menschen« einließ, soll er sich zur Seite gedrückt haben, um nicht mit ihm in Berührung zu kommen.

Andreas Hohn

11

Die Seele des Wals

Es war einmal ein dummer und gespreizter Rabe, der zum Meere flog, weit, weit hinaus.

Er flog und blieb am Fliegen, weiter und immer weiter, und als er müde wurde, begann er nach Land auszuspähen; aber es war kein Land da. Zuletzt war er so müde, daß er sich nur noch schwebend etwas über der Wasseroberfläche halten konnte. Und als plötzlich ein großer Wal dicht vor ihm auftauchte, wurde er so verwirrt, daß er diesem gerade in den Schlund hineinflog.

Einen Augenblick blieb es dunkel um ihn herum, es sauste und plätscherte, und als er schon glaubte, sterben zu müssen, taumelte er geradewegs in ein Haus hinein, in ein schönes und reizendes Haus, wo es hell und warm war. Auf der Schlafbank saß eine junge Frau und machte sich an einer brennenden Lampe zu schaffen. Sie erhob sich und ging freundlich auf den Raben zu und sagte:

»Du bist mir als Gast willkommen, wenn du mir nur einen einzigen Wunsch zu erfüllen gelobst: du darfst niemals meine Lampe anrühren.«

Der Rabe war glücklich, daß er sein Leben gerettet hatte, und beeilte sich, ihr zu versichern, daß er die Lampe niemals anrühren würde. Und dann setzte er sich auf die Schlafbank und wunderte sich, wie fein und rein es in dem kleinen Hause war. Es war ein Haus aus Walfischknochen, gebaut wie die Wohnungen der Menschen, und alles darin war so eingerichtet wie bei den Menschen. Aber eine seltsame Unruhe lag über der jungen Frau; sie saß niemals längere Zeit still; in kurzen Zwischenräumen erhob sie sich von der Schlafbank und schlüpfte zur Tür hinaus. Es dauerte nur einen Augenblick, dann kam sie wieder herein; aber gleich danach war sie wieder fort.

»Was macht dich so unruhig?« fragte der Rabe.

»Das Leben«, antwortete die junge Frau, »das Leben und mein Atemzug.«
Aber diese Antwort verstand er gar nicht.
Der Rabe, der nun zur Ruhe gekommen war und seine Angst vergessen hatte, fing an, neugierig zu werden.
»Was kann das sein, daß ich die Lampe gar nicht anrühren darf?« dachte er; und jedesmal, wenn die Frau hinausschlüpfte und er allein blieb, bekam er immer größere Lust, sein Versprechen zu brechen und hinzugehen, um die Lampe nur ein ganz klein wenig zu betasten. Zuletzt konnte er seine Neugier nicht länger zügeln, und als die Frau wieder zur Tür hinausschlüpfte, sprang er hin und berührte den Docht der Lampe. Im selben Augenblick taumelte die Frau kopfüber zur Tür hinein, fiel auf den Fußboden und blieb da liegen, während die Lampe erlosch.
Zu spät bereute der Rabe, was er getan hatte; er schwankte umher in schwarzer Finsternis, und das schöne, helle Haus war nicht mehr da. Er war nahe daran, zu ersticken. Er irrte zwischen Speck und Blut umher, und so heiß wurde es, daß seine Federn abfielen. Halberstickt taumelte er im Bauch des Wales umher, und nun erst begriff er, was geschehen war.
Die junge Frau war die Seele der Walin, und sie schlüpfte zur Tür hinaus in die frische Luft, jedesmal, wenn die Walin Atem schöpfen mußte, und ihr Herz war eine Lampe mit großer und ruhiger Flamme. Der Rabe hatte aus bloßer Neugier das Herz der jungen Frau berührt, und darum war sie gestorben. Er wußte nicht, daß das Feine und Schöne auch zerbrechlich, vergänglich und leicht zu vernichten ist, denn er selbst war dumm und von zähem Leben; und nun kämpfte er um sein Leben in Finsternis und Blut. Alles, was zuvor schön und rein, war nun häßlich und übelriechend geworden.
Endlich glückte es ihm, auf dem gleichen Wege hinauszuschlüpfen, auf dem er hineingekommen war, und da saß er, ein halbnackter Rabe, beschmiert und besudelt, auf dem Rücken eines toten Wals.

Hier blieb er sitzen und lebte vom Aas, während ihn Wind und Wellen hin und her warfen. Seine Flügel waren zerbrochen durch Hitze und Blut, so konnte er nicht mehr fliegen.
Ein Sturm trieb ihn endlich ans Land, und die Menschen sahen den toten Wal und ruderten in ihren Frauenbooten hinaus, um Fleisch und Speck zu bergen. Als der Rabe sie sah, verwandelte er sich augenblicklich in einen Mann, in einen kleinen, häßlichen, dunkelhäutigen und zerzausten, struppigen Mann, der oben auf dem Wale stand.
Er sprach gar nicht davon, daß er aus lauter Neugier ein Herz angerührt und etwas Feines und Schönes zerstört hatte; er prahlte nur überheblich: »Ich bin es, der den Wal getötet hat! Ich bin es, der den Wal getötet hat!«
Und er wurde ein großer Mann unter den Menschen.

Aus Grönland

12
Schneeformen

Beim Spaziergang im Wald nach dem großen Schneefall zupft mich die Kleine am Arm. Sie zeigt hinauf zu einem Strauch. Sie sagt kein Wort, sondern streckt nur die Hand aus. Meine Blicke folgen dieser Hand. Dann verstehe ich die konzentrierte Stille des Kindes. Welch zerbrechliches und kunstvolles Gebilde sehe ich, das Schnee und Wind auf die Äste gezaubert haben! Die Schneeflocken haben sich scheinbar ineinander verkrallt und haften nun zentimeterhoch auf den dünnen Ästen. Wie Wellen bewegen sich Schneebänder auf diesen Ästen auf und ab, hängen sogar seitwärts hinunter, um dann in kühnem Bogen wieder Halt am Ast zu suchen.
Langsam löst sich das Kind aus der Verzauberung. Es macht ein paar Schritte auf den Strauch zu, greift nach einem Ast, möchte das zerbrechliche Ding, das ihm wie

ein Gruß aus einer anderen Welt vorkommen muß, mit sich nehmen. Fassungslos zuckt es zurück, als dabei diese Pracht in sich zusammenfällt.

Martin Lienhard

13

Der Wächter

In Ropschitz, Rabbi Naftalis Stadt, pflegten die Reichen, deren Häuser einsam oder am Ende des Ortes lagen, Leute zu dingen, die nachts über ihren Besitz wachen sollten. Als Rabbi Naftali sich eines Abends spät am Rande des Waldes erging, der die Stadt säumte, begegnete er solch einem auf und nieder wandelnden Wächter. »Für wen gehst du?« fragte er ihn. Der gab Bescheid, fügte aber die Gegenfrage daran: »Und für wen geht Ihr, Rabbi?« Das Wort traf den Zaddik wie ein Pfeil. »Noch gehe ich für niemand«, brachte er mühsam hervor, dann schritt er lange schweigend neben dem Mann auf und nieder. »Willst du mein Diener werden?« fragte er endlich. »Das will ich gern«, antwortete jener, »aber was habe ich zu tun?« »Mich zu erinnern«, sagte Rabbi Naftali.

Martin Buber

14

Da stand ich …

Die Bräuche wirklicher Therapie-Arbeit sind hart, denn sie müssen das Verhärtete in uns treffen; sozusagen die falsche Fassung, zu der wir uns, aus guten lebensgeschichtlichen Gründen, gezwungen haben. Diese Verbildung wird in der Therapie greifbar als Quelle unserer Invalidität. Da ist weder Helfer-Hilfe noch Barmherzigkeit am Werk. Da geht es zu wie bei einem Zen-Meister: ohne falschen Respekt für das Leiden, das wir uns zugelegt haben, zu unserem Schutz, unserem erdrückenden Schutz. Aber mit ehrlichem Respekt vor der Würde des Menschen, die nicht der Therapeut verletzt, sondern die beeinträchtigt ist durch unsere eigene Angst vor dem Leben, unsere eigene Not mit unserem Gefühl.

Als ich mich zum erstenmal hinstellte, um zu ›arbeiten‹, nahm ich meine ganze Examensangst, meinen Prestige-Panzer dabei mit. Ich stand gewaltig da unter so viel Druck, ungefähr wie jetzt vor Ihnen. Und wie jetzt vor Ihnen, begann ich meinen Fall zu erklären: der Therapeut, alle anderen mußten doch wissen, mit wem sie es da zu tun hatten. Damit zu rechnen, daß man mich möge, hatte ich nicht gelernt; also mußte ich Respekt gebieten. Mein Fall ist in Kürze dieser: so steht's in Hofmannsthals ›Chandos‹-Brief, dieser wortgewandten Demonstration des Sprachversagens. Ich habe nicht so schön, aber so literarisch der Gruppe und dem Leiter vorgeführt, worum es sich bei mir in Kürze handle. Bis mich der Leiter unterbrach und sagte: Würde es dir etwas ausmachen, jeden deiner schönen Sätze mit ›Amen‹ zu schließen?

Da stand ich da. Ich wurde langsam, sehr langsam, darauf aufmerksam, wie ich dastand, wie ich meinen Hintern durchgedrückt hatte, und wie ich zitterte. Warum denn? Nicht so schnell. Nimm zuerst wahr, *wie*. Und noch vorher, daß. Wie fühlt es sich an, wenn du zitterst, was fällt dir dabei ein? – Jedenfalls: keine schönen Sätze ...

Adolf Muschg

15
Irgendwo ist überall

Schon lange war er bemüht, den Ort zu finden, an dem er die Antwort auf alle seine Fragen bekommen würde. »Gott« nannte er das, was er suchte. Auf seiner langen Reise stand er eines Tages vor einer hohen Mauer. Ein kleiner Turm mit einer einzigen Glocke überragte sie. Offensichtlich mußte diese eine Kapelle hüten.
Sein langer Weg führte ihn geradewegs auf das Holztor zu. Es war fest verschlossen, und der holzgeschnitzte, bunt bemalte Kopf eines Pförtners über dem Türschloß schien überlegen zu lächeln. Er versuchte noch einmal die Tür zu öffnen, mit Gewalt, mit Gefühl. Er spürte deutlich, daß sich hinter dieser Mauer Gott finden ließ.
»Wenn ich bloß die Tür öffnen könnte«, murmelte er und hielt mit seinen Versuchen inne.
Er war nicht einmal überrascht, als die Augen des Pförtners sich lebhaft bewegten und die Lippen sich zu Worten formten: »Diese Tür kannst du nicht öffnen.«
Der Pförtner war für ihn wie ein alter Bekannter. Darum bettelte er: »Öffne mir bitte die Tür.« Er erzählte ihm von der langen Reise, deren Ziel er hier gefunden habe. Aber der Pförtner ließ sich nicht erweichen. Er wurde im Gegenteil ungehalten: »Wozu willst du diese Kapelle sehen? Es sind bloß vier Mauern, die einen kleinen Teil der ganzen Weite, in der du Gott begegnen kannst, einzäunen. Einen kleinen Teil, sage ich dir. Weil Menschen diese Kapelle an diesem Ort gebaut haben, grenzt sie zufälligerweise diesen Teil ein. Sie könnte aber überall stehen.«
»Auch auf diesem Boden, auf dem ich jetzt stehe? Auch auf dem Boden bei mir zuhause?«
»Auch auf diesem Boden hier – auch auf jenem Boden.«
»Dann«, fragte der Wanderer nachdenklich, »dann brauche ich nicht in diese Kapelle zu gehen, dann fände ich dieses Geheimnis überall? Dann ist bloß die Grenze

wichtig? Wenn ich diese Grenze einmal überschritten habe, dann ist die Kapelle überall?«

In diesem Augenblick öffnete sich die Tür. Er aber wandte sich um und schritt in die Weite seines Weges hinaus.

Martin Lienhard

II
Sich aufmachen

Was mich betrifft, fordert eine Antwort von mir. Dabei liegt in jeder Betroffenheit die Chance des Aufbruchs, aber auch die Gefahr der Regression.
Weiterführend wird es für mich sein, wenn ich die Herausforderung zum Aufbrechen wahrnehme und die nötige Kraft dazu erhalte. Dann kann es ein »himmlisches Vergnügen« sein, neue Türen zu öffnen (1).
Dazu braucht es eine Kraft, die nur aus einem loslassenden Vertrauen kommen kann (2), da ich nie im Voraus weiß, worauf ich mich einlasse. Ob ich den richtigen Weg gehe, werde ich nicht zum Voraus schlüssig beantworten können. Erst das Wagnis des Aufbruchs wird diese Antwort bringen (3, 4).
Der biblische Jona besaß dieses Vertrauen nicht und geriet prompt in regressive Tendenzen. Ob es seine Angst vor der Überforderung war, oder ob eine Lähmung durch das unerhört Neue des Anspruchs ihn zum Rückzug zwang, wissen wir nicht. Wir lesen nur, daß er floh, dem Sonnenuntergang entgegen statt dem Ziel seines Auftrages, dem Sonnenaufgang zu.
Eine solche Reaktion bringt keinen Gewinn, da sie bloß rückwärts führt, aber nicht zu sich selbst (5). Auch die äußere Aktivität, scheinbar der Betroffenheit entsprechend, führt nur weiter weg vom eigentlichen Ziel (6, 7).
Darum ist eine Besinnungspause als Antwort auf das überwältigende Erlebnis des Aufgerufen-Seins notwendig. Jesus zieht sich nach der Taufe in die Wüste zurück und erfährt so seine Bestimmung. Diese Besinnungspause entspricht dem Einatmen. Man geht in sich und mobilisiert die stillen, inneren Kräfte, die den rechten Weg weisen (8, 9).
In Mythen wird diese notwendige Atempause gern als

Schlaf dargestellt, in dem alle Kräfte auf den neuen Aufbruch hin gesammelt werden (10). Dann kann die wunderbare Weise des Lebens von neuem gespielt werden. Sie wird das ganze Leben in einem neuen Licht erstrahlen lassen.

M. L.

1
Eine Tür öffnen

Und dann kam der Tag, an dem wir zum ersten Mal ohne Begleitung das Zuchthaus verließen, drei politische Kameraden vom Gefangenenkomitee, Bäckerfranz, Paul und ich. Wir gingen einfach bummeln. Mit federnden, leichten Schritten in weichen Lederschuhen, die unsre eigenen waren. Die Anzüge schmiegten sich uns an und waren leicht und trocken, nicht schwer und immer feucht wie die Zuchthäuslerkluft. Bei jedem Schritt fühlte ich das herrliche Leinenhemd, direkt auf der Haut. Wir waren rasiert, gebadet, trocken und ausgeschlafen. Und das Sonderbarste war, wir wußten nicht richtig zu gehen. Wir wußten nicht, wohin wir gehen sollten. Die kleinen Entschlüsse des täglichen Lebens mußten erst wieder geweckt werden nach jahrelangem Schlaf. Es ging keiner hinter uns her, dessen Weg wir marschieren mußten. Und dann die Zeit, dieser betäubende Reichtum an Zeit, an goldenen Minuten auf unserem Gang.
Wir konnten stehenbleiben.
Wir konnten an ein Schaufenster treten.
Ich tat es, und irgend etwas in mir wartete mit angelegten Ohren, insgeheim lauernd auf einen Anschnauzer. Es kam keiner!
Wir traten in einen Laden, um nach Schreibpapier zu fragen. Es gab sich so, daß ich als erster wieder herausging. Im Laden blieb ich vor der Tür stehen und wartete

gewohnheitsmäßig darauf, daß ein Aufseher die Tür aufschloß. Dann erst wurde mir klar, daß ein Mensch seine Türen selber öffnet.
Dieser himmlische Genuß, eine Tür öffnen zu dürfen.

Günther Weisenborn

2
Brüchiges Eis

Eine dicke Eisdecke liegt über dem Fluß. Mit Begeisterung folgen die Kinder meinem Vorschlag, auf dem Eis spazieren zu gehen.
Doch die ersten Schritte auf das Eis hinaus werden mit weniger Schwung vorgenommen. Ich stehe auf der Eisdecke. Das vorwitzigste Kind stellt einen Fuß auf das Eis, das Standbein auf dem sicheren Ufer.
Es ist, als ob es fragen wollte: »Trägt mich das Eis oder trägt es mich nicht?« Sieht es vor sich die kalte, verschlingende Flut unter der Eisdecke?
Nun streckt es zögernd einen Arm aus, mir entgegen. Ich fasse es an der Hand. Und nun wagt es den entscheidenden Schritt. An der Hand des Vaters verblaßt das Bild der drohenden Flut.

Martin Lienhard

3
Fürsprecher

Es war sehr unsicher, ob ich Fürsprecher hatte, ich konnte nichts Genaues darüber erfahren, alle Gesichter waren abweisend, die meisten Leute, die mir entgegenkamen, und die ich wieder und wieder auf den Gängen traf, sahen wie alte dicke Frauen aus, sie hatten große, den ganzen Körper bedeckende, dunkelblau und weiß gestreifte Schürzen, strichen sich den Bauch und drehten sich schwerfällig hin und her. Ich konnte nicht einmal erfahren, ob wir in einem Gerichtsgebäude waren. Manches sprach dafür, vieles dagegen. Über alle Einzelheiten hinweg erinnerte mich am meisten an ein Gericht ein Dröhnen, das unaufhörlich aus der Ferne zu hören war, man konnte nicht sagen, aus welcher Richtung es kam, es erfüllte so sehr alle Räume, daß man annehmen konnte, es komme von überall oder, was noch richtiger schien, gerade der Ort, wo man zufällig stand, sei der eigentliche Ort dieses Dröhnens, aber gewiß war das eine Täuschung, denn es kam aus der Ferne. Diese Gänge, schmal, einfach überwölbt, in langsamen Wendungen geführt, mit sparsam geschmückten hohen Türen, schienen sogar für tiefe Stille geschaffen, es waren die Gänge eines Museums oder einer Bibliothek. Wenn es aber kein Gericht war, warum forschte ich dann hier nach einem Fürsprecher? Weil ich überall einen Fürsprecher suchte, überall ist er nötig, ja man braucht ihn weniger bei Gericht als anderswo, denn das Gericht spricht sein Urteil nach dem Gesetz, sollte man annehmen. Sollte man annehmen, daß es hierbei ungerecht oder leichtfertig vorgehe, wäre ja kein Leben möglich, man muß zum Gericht das Zutrauen haben, daß es der Majestät des Gesetzes freien Raum gibt, denn das ist seine einzige Aufgabe, im Gesetz selbst aber ist alles Anklage, Fürspruch und Urteil, das selbständige Sicheinmischen eines Menschen hier wäre Frevel. Anders aber verhält es sich mit dem Tatbestand eines Urteils, dieser gründet sich auf Erhebungen hier und dort, bei Verwandten und Fremden, bei Freunden und Feinden, in der Familie und in der Öffentlichkeit, in Stadt und Dorf, kurz überall. Hier ist es dringend nötig, Fürsprecher zu haben, Fürsprecher in Mengen, die besten Fürsprecher, einen eng neben dem andern, eine lebende Mauer, denn die

Fürsprecher sind ihrer Natur nach schwer beweglich, die Ankläger aber, diese schlauen Füchse, diese flinken Wiesel, die unsichtbaren Mäuschen, schlüpfen durch die kleinsten Lücken, huschen zwischen den Beinen der Fürsprecher durch. Also Achtung! Deshalb bin ich ja hier, ich sammle Fürsprecher. Aber ich habe noch keinen gefunden, nur diese alten Frauen kommen und gehn, immer wieder; wäre ich nicht auf der Suche, es würde mich einschläfern. Ich bin nicht am richtigen Ort, leider kann ich mich dem Eindruck nicht verschließen, daß ich nicht am richtigen Ort bin. Ich müßte an einem Ort sein, wo vielerlei Menschen zusammenkommen, aus verschiedenen Gegenden, aus allen Ständen, aus allen Berufen, verschiedenen Alters, ich müßte die Möglichkeit haben, die Tauglichen, die Freundlichen, die, welche einen Blick für mich haben, vorsichtig auszuwählen aus einer Menge. Am besten wäre dazu vielleicht ein großer Jahrmarkt geeignet. Statt dessen treibe ich mich auf diesen Gängen umher, wo nur diese alten Frauen zu sehn sind, und auch von ihnen nicht viele, und immerfort die gleichen und selbst diese wenigen, trotz ihrer Langsamkeit, lassen sich von mir nicht stellen, entgleiten mir, schweben wie Regenwolken, sind von unbekannten Beschäftigungen ganz in Anspruch genommen. Warum eile ich denn blindlings in ein Haus, lese nicht die Aufschrift über dem Tor, bin gleich auf den Gängen, setze mich hier mit solcher Verbohrtheit fest, daß ich mich gar nicht erinnern kann, jemals vor dem Haus gewesen, jemals die Treppen hinaufgelaufen zu sein. Zurück aber darf ich nicht, dieses Zeitversäumnis, dieses Eingestehn eines Irrwegs wäre mir unerträglich. Wie? In diesem kurzen, eiligen, von einem ungeduldigen Dröhnen begleiteten Leben eine Treppe hinunterlaufen? Das ist unmöglich. Die dir zugemessene Zeit ist so kurz, daß du, wenn du eine Sekunde verlierst, schon dein ganzes Leben verloren hast, denn es ist nicht länger, es ist immer nur so lang, wie die Zeit, die du verlierst. Hast du also einen Weg begonnen, setze ihn fort, unter allen Umständen, du kannst nur gewinnen, du läufst keine Gefahr, vielleicht wirst du am Ende abstürzen, hättest du aber schon nach den ersten Schritten dich zurückgewendet und wärest die Treppe hinuntergelaufen, wärst du gleich am Anfang abgestürzt und nicht vielleicht, sondern ganz gewiß. Findest du also nichts hier auf den Gängen, öffne die Türen, findest du nichts hinter diesen Türen, gibt es neue Stockwerke, findest du oben nichts, es ist keine Not, schwinge dich neue Treppen hinauf. Solange du nicht zu steigen aufhörst, hören die Stufen nicht auf, unter deinen steigenden Füßen wachsen sie aufwärts.

Franz Kafka

4

Ein einfacher Baum

Es ritt einmal ein Knappe zu einem Turnier. Und wie er ritt, dachte er an seine Gegner, und in Gedanken gab er seinem Pferd die Sporen und war so versessen in die Vorstellung zu kämpfen, daß er die Lanze fest anstemmte und im Galopp – gegen einen Baum rannte. Er flog, der kühne Träumer, in einem großen Bogen zu Boden. Das Pferd jagte davon. Der Knappe hatte zu tun, seine Glieder zusammenzusuchen. Dann lockte er sein Pferd, beruhigte es und kletterte wieder in den Sattel. Staunend besah er darauf die Eiche, die ihm das angetan hatte, und ritt um sie herum. Es war ein ruhiger Baum, ein einfacher, in sich verschlossener Baum, der hier an seinem natürlichen Platz aus dem Boden wuchs und nichts weiter vollbracht und angerichtet hatte als hier zu stehen.

Alfred Döblin

5

Das Experiment

»Ich geh rückwärts, weil ich nicht länger vorwärts gehen will«, sagte der Mann. Er war übermittelgroß, bleich vor Anstrengung, sich auf das Rückwärtsgehen zu konzentrieren, und hatte eine vom Wind gerötete Nase. Es blies ein heftiger Westwind, und die Böen, die die übrigen Fußgänger, mit denen der Mann in dieselbe Richtung ging, nur als Brise im Rücken empfanden, trafen ihn mitten ins Gesicht. Er bewegte sich langsamer als die anderen, aber stetig wie ein Krebs im Rückwärtsgang.

»Eines Tages«, sagte der Mann, »war ich ganz allein in einem windstillen Park. Ich hörte die Amseln neben mir im Gebüsch nach Futter stochern, ich hörte Tauben rufen – und eine große Ruhe überkam mich. Ich ging ein paar Schritte rückwärts, und ich weiß jetzt: wenn man immer nur vorwärts geht, verengt sich der Weg. Als ich anfing, rückwärts zu gehen, sah ich die übergangenen und übersehenen Dinge, ich hörte sogar das Überhörte. Sie werden entschuldigen, wenn ich mich Ihnen nicht ganz verständlich machen kann. Verlangen Sie keine Logik von mir, die Entdeckung, die ich gemacht habe, läßt sich nicht in Worte fassen. Und denken Sie auch nicht, daß ich ein Mann der Umkehr bin, nein, ich kehre nicht um, ich ...« Der Mann schwieg ein paar Sekunden und sah entschlossen geradeaus, »es wird Sie verwundern ... aber ich bin kein Träumer.« »Was sind Sie dann?« sagte der Begleiter, ein Mann, der sich im herkömmlichen Vorwärtsgang bewegte. »So kommen Sie doch nicht weiter. Eines Tages sind Sie stehengeblieben, vielleicht wollten Sie das Gras wachsen hören, Sie traten ein paar Schritte zurück, um Abstand zu haben. Waresso?«

Der rückwärts gehende Mann sah seinen Begleiter an, sein Blick war sanft. »Mein Experiment ist noch nicht abgeschlossen«, sagte er.

»Glauben Sie, daß Ihre Art der Fortbewegung sich durchsetzen wird?« sagte der Begleiter.
»Eine schwer zu beantwortende Frage«, sagte der Mann und hielt den Blick auf einen Punkt gerichtet, den der Begleiter nicht erkennen konnte. »Übrigens ist meine Idee nicht neu. Wie mir später eingefallen ist, hatte ein längst zu Staub zerfallenes Volk ähnliche Probleme zu lösen wie wir. Es war ebenfalls in ein Stadium getreten, wo sein Weiterleben in Frage stand. Es half sich auch auf eine scheinbar seltsame Weise, Sie können auch Trick sagen, wenn Sie so wollen: Fortan wurden kriegerische Auseinandersetzungen unter den einzelnen Stämmen derart ausgetragen, daß sich die Gegner mit dem Rücken gegeneinanderstellten und so lange ihre Streiche und Hiebe in purer Luft ausführten, bis ein Kämpfer nach dem anderen erschöpft zu Boden sank. Schweratmend fielen ganze Heere ins Gras, und der anschließende Schlaf war verdient. Es waren tagelange, aber unblutige Schlachten, und die einzige Folge war ein gewaltiger Muskelkater. Wie finden Sie das?«
»Zugegeben – ein brauchbares Ventil für Naturvölker«, sagte der Begleiter, »aber nichts für uns. Was also versprechen Sie sich von Ihrem Rückwärtsgang?«
»Ich hoffe«, sagte der Mann, »daß ich die Aufmerksamkeit auf mich lenke.«
»Das tun Sie auf jeden Fall«, sagte der Begleiter, »das tut auch ein Dauerklavierspieler oder einer, der fünfzig Kilometer auf Händen geht.«
Aber der rückwärts gehende Mann ließ sich durch solche Anspielungen nicht aus der Fassung bringen.
»Ich hoffe, ich werde verstanden«, sagte er. »Als ich das erstemal rückwärts ging, lebte ich auf.«
»Schon gut«, sagte der andere, »Sie sind nicht der erste, der solche Ansichten vertritt. Immerhin schlagen Sie etwas Praktisches vor, doch zweifle ich sehr, daß Sie Erfolg haben.«
»Erfolg oder nicht«, sagte der Mann, »wir sollten es versuchen, wir alle.«

»Verzeihung«, sagte der Begleiter, »ich denke in Tatsachen: Haben Sie nie ein Protokoll wegen groben Unfugs bekommen?«
Der rückwärts gehende Mann sah seinem Begleiter zum erstenmal voll ins Gesicht.
»Ein einziges Mal«, sagte er lächelnd, »das war am Anfang, als ich noch unsicher war.«
»Und heute stoßen Sie mit keinem mehr zusammen?«
»Niemals!« sagte der Mann noch immer lächelnd.
Sie schwiegen. Mit elastischen Schritten ging der Mann rückwärts. Der Begleiter hatte Mühe, ihm zu folgen. Der Mann, der rückwärts ging, wurde schneller.
»Entschuldigen Sie«, sagte er, »ich muß mich leider etwas beeilen. Ich habe noch eine Verabredung. Auf Wiedersehen.« Dann verschwand er im Gedränge. Der andere verlangsamte seinen Schritt wie jemand, der zurückbleibt, um Atem zu holen.
Wenige Augenblicke später geschah es. Wie aus einem Riß in der Asphaltdecke aufgestiegen explodierte ein mehrstimmiger Schrei: Die Menschen blieben stehen und sahen in eine bestimmte Richtung. Erst waren es einzelne, dann ganze Gruppen, die sich auf einen schnell anwachsenden Kreis aus Menschen zu bewegten.
Als der Begleiter schließlich so weit vorgedrungen war, daß er in den Kreis sehen konnte, sah er, daß der Mann, der rückwärts gegangen war, wie eine vom Himmel gefallene große Marionette auf dem Asphalt lag. Aus dem Kreis sagte jemand: »Der Wagen hat keine Schuld, das kann ich bezeugen.« Und ein anderer sagte: »Er muß betrunken sein. Er ging rückwärts.«
Der Begleiter schob sich in die Mitte des Kreises und bückte sich über den Mann.
»Können Sie mich verstehen?«
»Ja«, sagte der Mann und bewegte sich nicht. Er lag mit der linken Wange auf dem Asphalt und sprach in die graue Decke hinein. »Versuchen Sie es einmal, wenn Sie ganz allein sind. Irgendwo. In einem Park oder nachts an einer freien Stelle. Ich hoffe, Sie werden Gefallen daran

finden. Und machen Sie es besser als ich.«
Polizisten betraten den Kreis.
»Können Sie Angaben machen?« sagte ein Polizist zu dem Begleiter.
»Er wollte rückwärts gehen«, sagte der Begleiter.
»Das ist heute schon der vierte, der das versucht«, sagte der Polizist.
»Was ist nur mit den Leuten los?«

Günter Seuren

6
Nach Nazareth

Gogol begab sich nach Nazareth, in der Hoffnung auf eine »Neugeburt«, und langweilte sich dort »wie auf einem russischen Bahnhof«; genauso geht es uns allen, wenn wir außerhalb unser suchen, was nur in uns existieren kann.

E. M. Cioran

7
Die Perle

Im sogenannten Perlenlied, einem gnostischen Märchen, wird folgendes beschrieben: Der Sohn eines Königs soll das Haus seines Vaters verlassen; er muß aus dem Osten, dem Ort des Lichtes, in den Westen, den Ort der Vergessenheit und der Betäubung. Im Schlamme Ägyptens soll er eine kostbare Perle finden. Er zieht aus. Als er im Westen ist, erliegt er der schlauen List der Menschen der Betäubung:

»Ich trank von ihrem Trunk des Vergessens,
und ich aß von ihrer verderblichen Speise.
Da vergaß ich, daß ich ein Königssohn bin,
vergaß meinen Auftrag, vergaß auch die Perle.«

Ein Adler bringt dem Königssohn einen Brief, der ihn an seine Herkunft erinnert. Er wacht auf aus seinen Todesträumen, besteht die Gefahren und findet die Perle. Er erkennt, wer er ist und findet so in das Reich des Lichtes zurück.

Wer er ist und was er soll, erkennt er also nicht, indem er sich selbst betrachtet im schwarzen Schlamm Ägyptens. Eine Nachricht und eine Erinnerung von außen wecken ihn auf, und die Botschaft aus der Fremde ist der Spiegel, in dem er sich erkennt. Sie nimmt ihm die betäubende Gleichzeitigkeit mit Ägypten. Die Ungleichzeitigkeit wird zur Rebellion gegen Ägypten.

Fulbert Steffensky

8

Wecke die Sehnsucht

Wenn du ein Schiff bauen willst, so trommle nicht Leute zusammen, um Holz zu beschaffen, Werkzeuge vorzubereiten, Aufgaben zu vergeben und die Arbeit einzuteilen, sondern wecke in ihnen die Sehnsucht nach dem weiten, endlosen Meer.

Antoine de Saint-Exupéry

9
Der Glückliche

In einem fernen Land lebte ein König, der sehr krank war, und er befahl seinen Kindern, sie sollten in der ganzen Welt nach einem glücklichen Menschen suchen, und wenn sie ihn gefunden hätten, dann sollte er ihnen sein Hemd geben, damit sie es ihm bringen und er wieder gesund würde. Sie machten sich auf und gingen umher, aber sie fanden keinen Glücklichen, und sie kehrten wieder heim in ihr Haus. Da plötzlich sahen sie in der Ferne ein Licht. Sogleich brachen sie wieder auf und gingen auf dieses Licht zu, aber sie wurden von der Nacht überrascht. Als sie näher zum Lichte kamen, fanden sie einen Menschen, der ganz allein im Freien saß. Sie setzten sich hin und lauschten, und augenblicklich hörten sie, wie er sagte: »Gott sei Dank. Schön habe ich auch diesen Tag verbracht. Ich bin der Allerglücklichste. Gott sei Dank. Wie glücklich bin ich!« – »Wenn du so glücklich bist, dann gib uns dein Hemd, damit wir es unserem Vater bringen und er wieder gesund wird.« Das sagten sie zu ihm. Er aber antwortete: »Ich habe keines.«

Aus Griechenland

10
Der Weg durch das Schneetal

In einem alten, grauen Haus, das einsam und umgeben von knorrigen Bäumen auf einem Hügel über dem Schneetal stand, lebten zwei Kinder, ein Mädchen und sein nur wenig jüngerer Bruder. Sie hatten blasse, ernste Gesichter, denn sie waren oft allein. Der Vater lebte in

der Fremde, und die Mutter mußte in der nahen Stadt ihrem Beruf nachgehen.
Seit der Herbstwind die Blätter von den Bäumen gefegt und den Blick freigegeben hatte hinunter ins schneebedeckte Tal mit dem noch eisfreien Fluß und auf die verschneiten Wälder am anderen Ufer, standen die Kinder stundenlang am Fenster, sahen in das Land hinaus und erfanden Geschichten, um die Zeit abzukürzen. Sie erzählten sich von Königen und Märchenschlössern, von bunten Karawanen, die durch heißen Sand auf grüne Oasen zueilten, und von Palmeninseln im tiefblauen Meer.
Eines Tages, als die Kinder wie üblich ihre Blicke über das weite Schneetal schweifen ließen, entdeckten sie im Wald jenseits des Flusses ein Haus, von dem sie glaubten, sie hätten es noch nie gesehen. So erstaunt waren sie über das, was sie sahen, daß sie beide nur stumm in die Ferne deuteten. Es schien so, als ob die Fenster des Hauses wie Edelsteine bald in dieser, bald in jener Farbe herüberfunkelten, mitunter golden und silbern glänzend.
»Wir gehen an den Fluß hinab, um besser zu sehen«, schlug das Mädchen vor. Und so eilten die beiden Kinder, obwohl die Sonne den Horizont schon fast berührte, den Hügel hinunter zum Fluß. Als sie an seinem Ufer ankamen, faßte der Junge das Mädchen bei der Hand. »Hörst du wie ich diese zauberhaften Klänge über dem Rauschen des Flusses? Es ist, als ob die seltsam funkelnden Fenster des Hauses dort drüben eine wunderbare Musik verbreiten würden!« Und das Haus mit den funkelnden, klingenden Fenstern zog die beiden immer mehr in seinen Bann. Mit vor Erwartung geröteten Gesichtern tasteten sie sich auf einem schmalen Steg über den Fluß auf die andere Seite des Schneetals. Sie stapften über eine verschneite Wiese in den Wald hinein. Aber wie sie sich auch mühten, das geheimnisvolle Haus zu erreichen, sie kamen ihm mit keinem Schritt näher. Schon brach die Nacht herein, das Ziel war weit, und die Kräfte schwanden. Erschöpft ließen sie sich unter einem uralten Baum

zu Boden sinken, wischten notdürftig den Schnee vom Moos und schliefen, den wunderbaren Klängen lauschend, ein.
Sie wußten nicht, wie lange sie so geschlafen hatten, als sie in Decken gehüllt und auf einer Ofenbank liegend erwachten. Sie blickten in eine kleine, behagliche Stube. An einem roh gezimmerten Tisch saßen eine alte Frau und ein alter Mann. Sie hatten einfache Holzflöten in ihren Händen und begannen, als sie bemerkt hatten, daß die Kinder erwacht waren, leise darauf zu spielen. Und die zarten, zauberhaften Klänge verwandelten die einfachen Flöten in silberne Instrumente, sie erfüllten alle Winkel der Stube und suchten sich ihren Weg nach draußen in die kalte, verschneite Welt. Sie durchdrangen die Fenster der Stube und ließen sie wie Edelsteine in allen Farben erstrahlen.
»Was ist das«, entfuhr es dem Mädchen. »Das ist die Weise vom Weihnachtsfrieden«, antwortete der Alte und nickte den Kindern freundlich zu, »wer sie einmal gehört hat, vergißt sie sein Leben lang nicht.« »Und wer gesehen hat«, fuhr die alte Frau fort, »was die Weise bewirken kann, muß sie immer wieder spielen. Die Engel haben in Bethlehem damit begonnen, die Hirten haben sie nachgespielt, und so ist sie auf uns gekommen.« Mit diesen Worten reichte sie dem Jungen und dem Mädchen beide Flöten. Die fingen an, darauf zu spielen, so wie es die Alten getan hatten, und ihr Spiel ließ die Fenster bald bunt, bald golden und silbern funkeln. Ihr Spiel dauerte an, bis der Morgen dämmerte und sie Abschied nehmen mußten. Da schenkten die Alten den Kindern die Flöten und geleiteten sie ins Freie. »Ihr werdet die Weise spielen, wann immer es nottut, und ihr werdet viele Fenster zum Leuchten bringen«, sagte der Alte und deutete dabei in die Ferne.
Und die Kinder begannen, die wunderbare Weise von neuem zu spielen, die Luft erfüllte sich mit ihrem Klang und der Schnee auf den Bäumen und auf den Wiesen im Tal glitzerte nach und nach in allen Farben. Doch als die

beiden aufblickten, um den Alten für dieses Wunder zu danken, waren sie und das Haus mit den Wunderfenstern verschwunden. Auf der anderen Seite des Flusses aber, auf dem Hügel mit den knorrigen Bäumen, sahen sie die Fenster ihres eigenen alten und grauen Hauses hell und bunt und golden herüberfunkeln.

Reinhard Pertsch

III
Widerständen begegnen

Wer sich auf einen unvertrauten Weg begibt, muß sich auf Schwierigkeiten und Hindernisse gefaßt machen. Diese Tatsache prägt sich uns allerdings erst durch Erfahrungen ein: daß nicht alles glatt geht, ja daß Situationen zu bestehen sind, die einen rat- und mutlos machen können.

Solche Erfahrungen gehören auch zu unserem Lebensweg. Mancher frohgemute Aufbruch ist bereits beim ersten Anlauf stecken geblieben, manche Chance blieb ungenutzt und manches Hemmnis hat uns den Blick nach vorn verstellt. Dabei ist die Frage, in welchem Maße wir uns selbst mit eigenen Ängsten behindern (1, 2), Zwängen unterworfen (3) oder dem eigenen Schatten verhaftet sind (4, 5), statt ihn zu überspringen (6). Hierzu gehört auch die Abwehr von Veränderungen, weil man sich an die Enge gewöhnt hat (7, 8) und den Schritt ins Ungewisse scheut.

Indessen, »nur durch Überwindung eines Widerstandes wirst du etwas« (A. de Saint-Exupéry). So wie die überstandenen Kinderkrankheiten unseren Organismus widerstandsfähig gemacht haben, so kommen unserem seelischen Kräftehaushalt die bewältigten Herausforderungen und Krisen zugute. Freilich, wir wissen meist erst hinterher, wie sich eine Krise vorbereitet hat (9) und was an Hilfe möglich gewesen wäre (10). Fürs weitere Leben wichtig sind die Wahrnehmungen, was für bisher mißachtete Kräfte zur Heilung verhelfen (11) und Mut machen (12). Es gehört aber auch die Einsicht dazu, daß wir mit unseren eigenen Fähigkeiten an eine Grenze geraten und auf Beistand angewiesen sind (13, 14). Dermaßen gestützt, läßt sich ein Weg durch die Tiefe des Krisenerlebens finden (15) und ein neuer Sinn erkennen (16).

U. K.

1
Curriculum vitae

Mein Vater Martin Brandstetter war Besitzer einer kleinen Mühle, einer sogenannten Schwarzbäckerei, eines kleinen Sägewerkes, eines kleinen Elektrizitätswerkes, einer kleinen Landwirtschaft und sechs kleiner Kinder, von denen ich das jüngste, kleinste und schwächste war.

Die größte Freude hatten meine Geschwister, wenn sie der Sägeknecht auf dem Blochwagen reiten ließ. Das Faszinierende an dieser Fahrt auf den Baumstämmen zum Sägeblatt war wohl ihre außerordentliche Langsamkeit. Es dauerte einen halben Vormittag, bis sich die einspännige Säge durch den Bloch gebissen hatte, und doch sprangen meine Geschwister immer mit einer solchen Überstürzung und Hurtigkeit schon Meter weit vor dem sägenden Eisen von ihrem Gefährt, als sei bereits höchster Alarm. Ich aber, der jüngste, kleinste und schwächste, stand immer abseits. Ich war ängstlich und zaghaft und ständig mit meiner Furcht beschäftigt. Ich hatte Widerwillen und Angst vor Sägeblättern, Bombenangriffen, dem Zahnarzt, dem Tod, dem Wasser, den Lehrern, dem Gewitter, der Hölle, den Zigeunern, Messer, Gabel, Schere, Licht, vor Backöfen und Jauchegruben, vor Pferden, Kühen, Schweinen, Hunden, Katzen, Ratten und Mäusen, vor dem Wolf, der Nacht und ihrer Finsternis, der Turbine. Ich hatte Angst, daß ich mit meinen Zähnen die Hostie beschädigen und den Herrn Jesus verletzen könnte. Ich hatte Angst vor den Pocken, Masern und Windblattern, dem Nesselausschlag, der Höhe und der Tiefe, dem Friedhof, den Erlen am Bach, vor den Sieben Hauptsünden, den Sünden gegen die Zehn Gebote Gottes, namentlich die Unkeuschheit, die Fünf Gebote der Kirche, vor dem Schulmeister, den Dienstboten, dem Heuboden, dem Hühnerstall, dem Nikolaus, dem Krampus und der Habergeiß. Ich hatte Angst, daß mir vielleicht schon einmal die Sünde wider den Heiligen Geist, die nicht vergeben wird, unterlaufen sein könnte. Ich hatte Angst vor den Rauhnächten, dem Bettnässen, den Amerikanern und den Russen, vor der Hexe, den Verwandtenbesuchen, vor Sensen, Äxten, Sicheln und glühenden Öfen, dem Wolkenbruch, dem Schnee, dem Hagel, dem Sonnenstich, meinem Geschlechtsteil, der Pilzvergiftung, den geschluckten Kirschkernen, dem Spinat, der Einbrennsuppe, fettem Fleisch, Totenwachten, dem Rosenkranzbeten, der Peitsche und dem lieben Gott.

Alois Brandstetter

2
Meine Angst läßt grüßen

Meine Angst, wurde mir ausgerichtet, lasse grüßen, sie erfreue sich bester Gesundheit. Ich hatte sie, aber das ist schon fast zwei Wochen her, zwischen Lausanne und Fribourg aus dem Zug geworfen. Warum, fiel mir damals plötzlich ein, sollte man sich einer so lästigen Klette nicht entledigen können? Da außer mir gerade niemand im Abteil war, die gute Gelegenheit mir aufmunternd zunickte, hab ich's dann also getan. Soviel mir bekannt, ist eine solche Handlung nicht strafbar. Nur vergaß ich natürlich im Überschwang meines Entschlusses, daß Ängste überaus zäh sind. Sie überleben alles, sie überleben auch uns. Meine Angst zum Beispiel ist, bevor sie auf mich kam, die meiner Mutter gewesen. Und meine Mutter hat sie vielleicht schon von einer Tante gekriegt, das weiß ich schon nicht mehr. Wie immer: Wir Menschen kommen und gehen, doch ungerührt bleiben die Ängste am Leben und wählen sich neue Träger aus. Kein Wunder, daß es einer Angst überhaupt nichts ausmacht, aus dem fahrenden Zug geworfen zu werden. Deshalb ist meine euphorische Handlung ein sinnloser Akt gewesen. Wie zu erwarten war, stellt sich nunmehr heraus, daß die würzige Waldluft des Waadtlandes meine Angst erst recht gekräftigt hat. Schon also läßt sie mich grüßen. Bald wird sie wiederum da sein, ausgeruht und erholt für ihren Erwählten, für mich. Treue, hört man heute oft klagen, sei selten geworden. So kann nur reden, wer für einen Augenblick seine Angst vergessen hat, vielleicht hat vergessen wollen. Aber niemand bleibt uns so unentwegt treu wie die Angst.

Kurt Marti

3

Frag das Pferd!

Ein Reiter, hoch zu Roß, jagt im Galopp über die Landstraße. Da ist ein alter Bauer auf dem Feld bei seiner Arbeit. Er richtet sich auf und ruft: »He, Reiter, wohin?« Der wendet seinen Kopf über die Schulter und schreit zurück: »Frag nicht mich, frag das Pferd.«

Aus Indien

4

Die Flucht vor dem Schatten

Es war einmal ein Mann, den ängstigte der Anblick seines eigenen Schattens so sehr, daß er beschloß, ihn hinter sich zu lassen. Er sagte zu sich: Ich laufe ihm einfach davon. Er stand auf und lief davon. Aber der Schatten folgte ihm mühelos. Er sagte zu sich: Ich muß schneller laufen. Also lief er schneller und schneller, lief so lange, bis er tot zu Boden sank.

Wäre der Mann in den Schatten eines Baumes getreten, so wäre er seinen eigenen Schatten losgeworden. Aber darauf kam er nicht.

Aus der Weisheit Asiens

5

Die schwierige Tante

Ich hatte eine alte Tante, die eigentlich niemand aus der Familie mochte. Dabei tat sie alles, um sich die Zuneigung unserer Familie zu verdienen. Sie vergaß keinen Geburtstag. Wenn irgendjemand krank war, sprang sie ein. In der schlechten Zeit nach dem Krieg mußte sonntags jeweils ein Kind aus unserer Familie bei ihr essen. Obwohl das Essen dort besser war als bei uns, waren diese Sonntage für uns Kinder eine Qual. Am liebsten wären wir weggeblieben. Aber unser Hunger war größer als unser Stolz. Die Tante war für unsere Familie unentbehrlich und unerträglich. Natürlich erwartete sie Gegenleistungen für das sonntägliche Essen und für alles, was sie der Familie tat. Für ihre Geburtstage mußten wir besonders schöne Geschenke basteln. Wir mußten sie regelmäßig besuchen. Wenn in der Familie eine Entscheidung zu treffen war, beanspruchte sie das Recht, sich einzumischen. Kurz und gut, wir alle waren verpflichtet, sie für die allerliebste und die unentbehrlichste Verwandte zu halten. Sie war nicht bösartig, kein bißchen. Nur, sie wußte immer zu genau, was sie für die anderen tat. Und sie war überzeugt davon, daß man sie schon deswegen lieben müsse. Sie glaubte, sich unsere Liebe und Zuneigung verdient zu haben. Es ist eine traurige Geschichte. Das höchste, was sie sich verdienen konnte, war unsere magere Dankbarkeit.

Dorothee Sölle

6
Dem Schatten verhaftet

Ich dachte an alle Kinder, die immer und immer wieder zur Welt kommen, weiße Kinder, auf die der Schatten schon fällt, ehe sie den ersten Atemzug tun. Und mir war, als sähe ich den schwarzen Schatten in der Gestalt eines Kreuzes. Und es war, als kämpften die weißen Kinder noch vor ihrem ersten Atemzug darum, dem Schatten zu entrinnen, der nicht nur auf ihnen lag, sondern auch unter ihnen, ausgebreitet, als ob ihre Arme ausgebreitet wären, wie wenn sie an das Kreuz genagelt wären. Ich sah alle kleinen Kinder, die es einmal auf der Welt geben wird, die noch ungeborenen – eine lange Reihe mit ausgebreiteten Armen auf den schwarzen Kreuzen. Ich hätte damals nicht sagen können, ob ich das sah oder träumte. Aber es war fürchterlich für mich. Ich weinte in der Nacht. Endlich erzählte ich es Vater, versuchte es ihm zu erzählen. Was ich ihm erzählen wollte, war, daß ich entrinnen mußte, daß ich den Schatten von mir abschütteln mußte, oder ich würde sterben. »Das kannst du nicht«, sagte er. »Du mußt kämpfen, aufstehen. Aber um aufzustehen, mußt du den Schatten mit dir aufheben.«

William Faulkner

7
Das eigentliche Exil

Rabbi Chanoch sprach: »Das eigentliche Exil Israels in Ägypten war, daß sie es ertragen gelernt hatten.«

Martin Buber

8
Die kleine Hand

Durch Rabbi Nachman von Bratzlaw ist uns dieser Spruch seines Urgroßvaters, des Baalschemtow, überliefert: »Wehe, die Welt ist voll gewaltiger Lichter und Geheimnisse, und der Mensch verstellt sie sich mit seiner kleinen Hand.«

Martin Buber

9
Flitterwochen

Ein in Ehetherapie stehendes, seit acht Jahren verheiratetes Paar berichtet, daß es bereits am zweiten Tag seiner Flitterwochen den ersten Ehezwist hatte. Die beiden saßen in einer Hotelbar, und die Frau knüpfte ein Gespräch mit einem anderen, ihnen unbekannten Ehepaar am nächsten Tisch an. Zu ihrer Enttäuschung und ihrem Ärger weigerte sich ihr Mann, an dieser Konversation teilzunehmen, und legte ein auffällig feindseliges und abweisendes Benehmen an den Tag. Sie fühlte sich dadurch in eine peinliche gesellschaftliche Lage versetzt, und nach Rückkehr auf ihr Zimmer kam es zu einer bitteren Auseinandersetzung, in der sie sich gegenseitig der Rücksichtslosigkeit beschuldigten.
Nun, acht Jahre später, stellt es sich heraus, daß die beiden ganz verschiedene Interpretationen vom Zweck und der Bedeutung der Flitterwochen (eines Brauchs, der zum Wohle der Menschheit ohnehin behördlich verboten werden sollte) hatten. Für die Frau waren die Flitterwochen die erste Gelegenheit, ihre neue gesellschaftliche Rolle auszuüben; bis dahin, so sagte sie, hatte sie nie ein Gespräch als Ehefrau mit einer anderen Ehefrau gehabt

– sie war bisher nur Tochter, Schwester, Freundin und Verlobte gewesen.
Seiner Auffassung nach waren die Flitterwochen aber eine Zeit ausschließlichen Zusammenseins, eine einmalige Gelegenheit, der übrigen Welt den Rücken zu kehren und sich gegenseitig näherzukommen. Ihr Gespräch mit dem anderen Ehepaar bedeutete für ihn daher, daß ihr seine Gesellschaft nicht genügte und er ihre Bedürfnisse nicht befriedigen konnte. ... hier fehlte natürlich der »Übersetzer«, der den »Übersetzungsfehler« der beiden hätte entdecken und ihnen klarmachen können.

Paul Watzlawick

10
Als es zur Krise kam

Er war unmöglich. Nicht daß er seine Arbeit schlecht tat: im Gegenteil, er verwandte auf die Aufgaben, die man ihm stellte, unendlich viel Mühe. Aber seine Art brachte ihn in Gegensatz zu allen und schadete schließlich seinem Tun.
Als es zur Krise kam und alles ans Licht mußte, belastete er uns: an ihm gab es nichts, aber absolut nichts auszusetzen. Ebenso stark, wie sein Selbstgefühl danach verlangte, schuldlos zu sein, war es unseren Gefühlen zuwider, ihm Schritt um Schritt die Widersprüche in seiner Verteidigung darzulegen, ihn Stück um Stück vor sich selber auszuziehen. Aber Gerechtigkeit gegen andere verlangte das. Als ihm der letzte Lügenfetzen genommen war und wir erkannten, daß es nichts mehr zu sagen gab, da kam es unter krampfhaftem Weinen: Aber warum habt ihr mir niemals geholfen, warum habt ihr mich nicht zurechtgewiesen –. Ich habe erkannt, daß ihr gegen

mich waret. Und Furcht und Unsicherheit haben mich weiter und weiter in das getrieben, was ihr jetzt tadelt. Es ist schwer gewesen, alles. Ich erinnere mich eines Tages, an dem ich mich freute: Einer von euch meinte, daß etwas, was ich vorgebracht hatte, wahrhaft gut sei –
So war der Fehler am Ende doch unser. Wir hatten zwar unsere Kritik unterdrückt, aber uns doch von ihr hindern lassen, ihm eine einzige Anerkennung zu geben. Und wir hatten auf diese Weise alle Wege zur Heilung versperrt.

Dag Hammerskjöld

11
Der jüngste Sohn

Ein Märchen erzählt zum Beispiel von einem sterbenskranken Vater und seinen drei Söhnen.
Die Rangordnung dieser drei ist so: Der erste ist die Hoffnung der Familie, von dem zweiten erwartet man auch viel, und der dritte ist einer, von dem man überhaupt nichts erwartet. Er läuft als der kleine Dumme halt so mit. Der kranke Vater, der von einem Lebenswasser gehört hat, schickt den Ältesten los – mit einem Geschenk –, das Lebenswasser zu holen. Er vertraut und hofft auf ihn als den Erstgeborenen. Aber der bringt nichts zurück. Der zweite Sohn wird losgeschickt – ihm ergeht es genauso. Als der dritte, der kleine Dumme, sagt: »Vater, jetzt gehe ich«, da sagt der Vater: »Wenn die beiden anderen das nicht geschafft haben, dann du erst recht nicht.« Aber der Junge bettelt so, daß man ihn gehen läßt. Und siehe da, er bringt dieses Lebenswasser.
Ein Märchen für Kinder, aber eine Geschichte für Erwachsene. Alle vier Figuren sind dieselbe Person. Es ist der Mensch, der in eine Lebenskrise kommt und der nun versucht, all jene Kräfte zu mobilisieren, die ihm bisher

in seinem Leben geholfen haben: berufliche Anstrengung, Geld, Ansehen, zusätzlichen Erfolg. Aber das alles bringt's einfach nicht. Dann der dritte Sohn, jene Kraft in uns, die lange Zeit verschüttet, übersehen, als Nichts geachtet war, sie gewinnt heilende Kraft in uns.

Johannes Kuhn

12
Der wilde Löwe im Traum

Ich sehe mich in der Klinik, in einem eisigen, kalten hohen Metallbett im dunklen Zimmer. Von aller Wärme, allen Freunden abgeschnitten. Es ist still, keine Möglichkeit, mich in meinem Schmerz an irgendjemanden zu wenden. Die kahlen Klinikwände schirmen mich ab. Ich kann nicht aufstehen, geschweige denn telefonieren oder sonstwie einen Menschen erreichen. Die Träume werden wilder, mehrere Mitglieder aus meiner Familie sterben, ich muß mich verabschieden, ich liege auf dem Operationstisch, wehre mich gegen die Abhängigkeitsmühle. Es gibt keinen Ausweg. Selbst im Traum weiß ich, das Schlimmste werden nicht die körperlichen Schmerzen sein, unerträglich wird es, nicht mehr über mich selbst zu bestimmen, ohnmächtig ausgeliefert. Ich wache mit Beklemmung auf und weiß dann nicht, wohin mit mir!
Christiane erzählt mir dazu eine Geschichte. Der kleine Sohn klagt dem Vater, daß er oft vom wilden Löwen träumt, von dem er verfolgt wird und große Angst bekommt. Der Vater sagt zu ihm: »Wenn der Löwe das nächste Mal erscheint, dann nimmst du dein großes Schwert und tötest damit den wilden Löwen.« Der Junge tut dies im nächsten Traum, und der Löwe verschwindet.

Also rüste dich, könnte ich mir sagen. Zeig dir selbst, daß du nicht hilflos bist. Umgib dich mit Dingen, die dir das beweisen: Hier ist das Telefon, hier die Taxi-Nummer, hier die Adresse von Freunden in der Nähe. Mach dir eine schützende Höhle aus all diesen Dingen. Wenn die Ärzte dann im Traum kommen und dich abholen wollen, entgegne ihnen, daß sie dir nichts anhaben können, daß du nicht ohnmächtig und allein bist, sondern deine Waffen hast. Und sie werden verschwinden wie der erstochene Löwe.

Cilly Schwerdt

13

Nur ein Paar Füße

Eines Nachts hatte ein Mann einen Traum. Er träumte, er würde mit Christus am Strand entlangspazieren. Am Himmel über ihnen erschienen Szenen aus seinem Leben. In jeder Szene bemerkte er zwei Paar Fußabtritte im Sand, eines gehörte ihm, das andere dem Herrn. Als die letzte Szene vor ihm erschien, schaute er zurück zu den Fußabtritten und bemerkte, daß sehr oft auf dem Weg nur *ein* Paar Fußabdrücke im Sand zu sehen waren. Er stellte ebenfalls fest, daß dies gerade während der Zeiten war, in denen es ihm am schlechtesten ging.
Dies wunderte ihn natürlich und er fragte den Herrn: »Herr, Du sagtest mir einst, daß ich mich entscheiden solle, Dir nachzufolgen; Du würdest jeden Weg mit mir gehen. Aber ich stellte fest, daß während der beschwerlichsten Zeiten meines Lebens nur *ein* Paar Fußabdrücke zu sehen ist. Ich verstehe nicht, warum! Wenn ich Dich am meisten brauchte, hast Du mich alleingelassen.«
Der Herr antwortete: »Mein lieber Freund, ich mag Dich so sehr, daß ich Dich niemals verlassen würde. Während

der Zeit, wo es Dir am schlechtesten ging, wo Du auf Proben gestellt wurdest und gelitten hast – dort, wo Du nur *ein* Paar Fußabdrücke siehst –, es waren die Zeiten, wo ich Dich getragen habe.«

Anonym

14
Die heilsame Reise

Plotin, so berichtet Porphyrius, hatte die Gabe, in den Seelen zu lesen. Eines Tages sagte er seinem höchst verwunderten Schüler ganz unvermittelt, er solle nicht versuchen, sich zu töten, sondern eher eine Reise unternehmen. Porphyrius begab sich nach Sizilien; dort genas er von seiner Melancholie, aber, so fügte er voll Bedauern hinzu, er verpaßte den Tod seines Meisters, der in seiner Abwesenheit eintrat.
Seit langem lesen die Philosophen nicht mehr in den Seelen. Es ist nicht ihres Amtes, wird man sagen. Möglich. Doch wundere man sich auch nicht, daß sie uns kaum mehr etwas bedeuten.

E. M. Cioran

15
Alcoholics Anonymous

ALCOHOLICS ANONYMOUS, sie treffen sich dreimal in der Woche. Eine jüngere und attraktive Frau erzählte ihre Geschichte mit dem Alkohol, eine Geheilte. Sehr unbefangen, direkt, durchaus unpfäffisch. Einzige Bedingung für die Mitgliedschaft: der Wunsch, nicht mehr zu trinken. Es sind ungefähr 150 Männer und Frauen verschiedenen Alters, Arme und Bessergestellte auch, Weiße und Schwarze. Wer in der Diskussion teilnimmt, stellt sich vor: »Joe, I am an alcoholic.« Dann fragt er, wie es aber der Sprecherin ergangen ist bei Rückfällen. Man versteht einander. Einer ist schwerbetrunken, sagt etwas und geht nach einer Weile, was nicht verübelt wird; jeder weiß hier, wie schwer es ist. Ich sehe, daß er sich sogar noch einen Dollar pumpt. Nur wenigen ist anzusehen, daß sie Trinker sind. Im Nebenraum lärmen Kinder bei einem Ballspiel. Es gibt Gratis-Tee. Wer einmal die Gnade erfahren hat, daß er nicht mehr dem Alkohol verfallen ist, begleitet einen andern am Feierabend; ohne Herablassung, wenn er den Süchtigen abzuhalten versucht, denn er selber kennt den Alkohol und den Satan, der verspricht, daß es bei einem Gläschen bleibe, und die Ausrede, heute gebe es irgend etwas zu feiern. Der alte Neger, den ich um Traktate bitte, gibt vorerst die Hand und sagt: Bobby. Ich sage: Max.

Max Frisch

16

Die Geschichte vom Bambus

Es war einmal ein wunderschöner Garten, der lag im Westen des Landes mitten in einem großen Königreich. Dort pflegte der Herr des Gartens in der Hitze des Tages spazierenzugehen. Ein edler Bambusbaum war ihm der schönste und liebste von allen Pflanzen, Bäumen und Gewächsen im Garten. Jahr für Jahr wuchs dieser Bambus und wurde immer anmutiger. Er wußte es wohl, daß der Herr ihn liebte und seine Freude an ihm hatte. Eines Tages näherte sich der Herr nachdenklich seinem geliebten Baum, und in einem großen Gefühl von Verehrung neigte der Bambus seinen mächtigen Kopf zur Erde. Der Herr sprach zu ihm: »Lieber Bambus, ich brauche

dich!« – Es schien, als sei der Tag aller Tage gekommen, der Tag, für den der Baum geschaffen worden war. Der Bambus antwortete leise: »Ich bin bereit, gebrauche mich, wie du willst.«
»Bambus«, die Stimme des Herrn war ernst, »um dich gebrauchen zu können, muß ich dich beschneiden.«
»Mich beschneiden? Mich, den du, Herr, zum schönsten in deinem Garten gemacht hast? Nein, bitte das nicht, bitte nicht! Verwende mich doch zu deiner Freude, Herr, aber bitte, beschneide mich nicht!«
»Wenn ich dich nicht beschneide, kann ich dich nicht gebrauchen.«
Im Garten wurde es ganz still. Der Wind hielt den Atem an. Langsam beugte der Bambus seinen herrlichen Kopf. Dann flüsterte er: »Herr, wenn du mich nicht gebrauchen kannst, ohne mich zu beschneiden, dann – tu mit mir, wie du willst, und beschneide mich.«
»Ich muß dir aber auch deine Äste abschneiden.«
»Ach, Herr, davor bewahre mich! Zerstöre meine Schönheit, aber laß mir doch bitte Blätter und Äste.«
»Wenn ich sie dir nicht abhaue, kann ich dich nicht gebrauchen.«
Die Sonne versteckte ihr Gesicht. Ein Schmetterling flog ängstlich davon. Und der Bambus, zitternd vor Erwartung dessen, was auf ihn zukam, sagte leise: »Herr, schlage sie ab.«
»Mein Bambus, ich muß dir noch mehr antun, ich muß dich mitten durchschneiden und dein Herz herausnehmen. Wenn ich das nicht tue, kann ich dich nicht gebrauchen.«
Da neigte sich der Bambus bis zur Erde: »Herr, schneide und teile!«
So beschnitt der Herr des Gartens den Bambus, hieb seine Äste ab, streifte seine Blätter ab, teilte ihn in zwei Teile und schnitt sein Herz heraus. Dann trug er ihn dahin, wo schon aus einer Quelle frisches, sprudelndes Wasser sprang, mitten in die trockenen Felder. Dort legte der Herr vorsichtig den Bambus auf den Boden. Das eine

Ende des abgeschlagenen Stammes verband er mit der Quelle, das andere Ende führte er zu der Wasserrinne im Feld. Das klare, glitzernde Wasser schoß durch den zerschlagenen Körper des Bambus in den Kanal und floß auf die dürren Felder, die so darauf gewartet hatten. Dann wurde der Reis gepflanzt, und die Tage vergingen, die Saat ging auf, wuchs, und die Erntezeit kam. So wurde der einst so herrliche Bambus wirklich zum Segen.

Aus China

IV
Spielräume wahrnehmen

Uns ist klar, es gibt zweierlei Lernen: die Aneignung von Wissensstoff sowie den Gewinn an Erfahrung und Reife. Ausgezeichnete Zensuren sind noch kein Erweis für Lebenstüchtigkeit, und auch wer Karriere gemacht hat, kann zuinnerst unfertig geblieben sein.

Was wir am Leben gelernt haben, zeigt sich beispielsweise an dem Maß, in dem wir offen für neue Erfahrungen sind. Ein Verharren in überkommenen Denkweisen (1) und die kleinmütige Anpassung an herrschende Meinungen (2) stehen dem im Wege. Es braucht so etwas wie ein zweites Erlernen des aufrechten Ganges (3) oder wie ein eigenes Flüggewerden (4, 5), daß wir den Spielraum für Zivilcourage und Geistesgegenwart erproben.

Die Entdeckungen solchen Spielraums sind nun keineswegs auf Angebote zum Abenteuerurlaub oder auf das Einüben besonderer psychologischer Techniken angewiesen. Ihr eigentliches Gelände ist unser Alltag. Wie wir uns auf das Nächstliegende, auf die gegenwärtigen Aufgaben und Probleme einlassen, unsicher oder aufmerksam, ist ausschlaggebend (6, 7).

Konflikte bleiben uns hierbei nicht erspart. Die Frage ist, ob wir, selbst in die Enge getrieben, noch genug Spielraum für eine befriedigende Lösung zu nutzen wissen (8–10).

Die letzten beiden Texte greifen weit über das Alltägliche hinaus und lassen über wahrzunehmende Spielräume noch anders nachdenken: wieweit wir bisher ein auf Gott ausgerichtetes Leben zu eng gesehen haben und uns immer neu die Augen für größere Weiten und Tiefen öffnen lassen müssen (11, 12).

U. K.

1
Das Netz des Experten

Ein Fischsachverständiger, ein »Ichtyologe«, hat ein Netz mit einer Maschengröße von fünf Zentimetern. Für ihn haben alle Fische daher eine Mindestgröße von fünf Zentimetern, was sein Grundgesetz der Ichtylogie ist. Kritischen Einwänden gegenüber entgegnet er: »Was ich mit meinem Netz nicht fangen kann, liegt prinzipiell außerhalb fachkundlichen Wissens, es bezieht sich auf kein Objekt der Art, wie es in der Ichtyologie als Objekt definiert ist: Was ich nicht fangen kann, ist kein Fisch.«

Nach Sir Arthur Eddington

2
Simson und die Philister

Es war einmal ein Tier, das forderte Simson zum Kampf heraus. Ihr könnt euch vielleicht vorstellen, wie es ihm erging. Aber ihr wißt auch, wie es Simson später mit Dalila erging, die mit den Philistern im Bunde war.
Willst du mit Simson fertig werden, so verbünde dich mit den Philistern. Willst du mit Dalila fertig werden, so verbünde dich mit den Philistern.
Verbünde dich immer mit den Philistern.

Augusto Monterroso

3

Wer hat das Aufstehen organisiert?

Angeblich begannen alle Demütigungen und Repressalien, denen die große Lyrikerin Anna Achmatowa in den Nachkriegsjahren ausgesetzt wurde, 1946 bei einer ihrer Lesungen im Schriftstellerklub. Als sie erschien, erhob sich der Saal und klatschte ihr Beifall. Das war unerhört: Erheben durfte man sich nur, wenn der Name Stalin fiel. Als man Stalin darüber berichtete, fragte er: »Wer hat das Aufstehen organisiert?«

Benedikt Sarkow

4

Der erste Flug

In einem großen Nistkasten an der Giebelwand eines alten Bauernhauses hatte ein Falke genistet. Schon seit einigen Tagen konnte man die Köpfe der beiden Jungen sehen. Neckisch äugten sie durch das dunkle Flugloch, rissen die Schnäbel weit auf, wenn die Mutter mit einer Maus dahergeflogen kam, und zogen sich ängstlich zurück, wenn der Beobachter eine zu schnelle Bewegung machte.

Bald sind die Jungen flügge. Die Mutter hat wieder eine große Maus gebracht. Dann fliegt sie zu einem Baum dem Nistkasten gegenüber. Die beiden Jungen lugen durchs Loch. Die Mutter läßt lockende Rufe ertönen. Auf einmal hebt ein junger Vogel ein Bein und stellt es auf den Rand des Flugloches. Nach aufgeregtem Zwitschern und eifrigem Umhergucken zieht er auch das zweite Bein hoch. Nun sitzt er zuvorderst auf der Kante. Hinter sich das hegende Nest, vor sich die unbekannte, helle, weite Welt. Der Vogel ist sichtlich hin- und hergerissen zwischen dem Wunsch davonzufliegen und der Angst vor dem Unbekannten. Er piepst ängstlich, die Mutter lockt zärtlich. Dann zieht sich der junge Vogel zurück. Aber nach kurzer Zeit erscheint er wieder. Das Spiel wiederholt sich. Ich stelle mir vor, wie es in diesem Vogel aussehen muß: zum ersten Mal soll er das sichere Nest verlassen. Zum ersten Mal soll er in gefährlicher Höhe seine Flügel ausbreiten und sich einfach fallen lassen. Woher kann der Vogel wissen, ob ihn die Flügel tragen? Schließlich steht er wieder auf dem Rand, breitet vorsichtig die Flügel aus und jetzt – jetzt liegt er in der Luft. Er fliegt.

Martin Lienhard

5
Der invalide Fuchs

Unterwegs im Wald sah ein Mann einen Fuchs, der seine Beine verloren hatte. Er wunderte sich, wie das Tier wohl überleben konnte. Dann sah er einen Tiger mit einem gerissenen Wild. Der Tiger hatte sich satt gefressen und überließ dem Fuchs den Rest.

Am nächsten Tag ernährte Gott den Fuchs wiederum mit Hilfe des gleichen Tigers. Der Mann war erstaunt über Gottes große Güte und sagte zu sich: »Auch ich werde mich in einer Ecke ausruhen und dem Herrn voll vertrauen, und er wird mich mit allem Nötigen versorgen.«

Viele Tage brachte er so zu, aber nichts geschah, und der arme Kerl war dem Tode nahe, als er eine Stimme hörte: ›Du da, auf dem falschen Weg, öffne die Augen vor der Wahrheit! Folge dem Beispiel des Tigers, und nimm dir nicht länger den behinderten Fuchs zum Vorbild.‹

Auf der Straße traf ich ein kleines frierendes Mädchen, zitternd in einem dünnen Kleid, ohne Hoffnung, etwas Warmes zu essen zu bekommen. Ich wurde zornig und

sagte zu Gott: »Wie kannst du das zulassen? Warum tust du nichts dagegen?«
Eine Zeitlang sagte Gott nichts. Aber in der Nacht antwortete er ganz plötzlich: »Ich habe wohl etwas dagegen getan. Ich habe dich geschaffen.«

Sa'di, arabischer Mystiker

6
Drei Fragen

Ein König dachte sich einmal, daß ihm nichts mißglükken würde, wenn er immer die richtige Zeit wüßte, um ein Werk zu beginnen, wenn er wüßte, mit welchem Menschen man sich abgeben solle und mit welchem nicht, und wenn er vor allen Dingen wüßte, welches Werk das wichtigste von allen sei. Und als er sich das gedacht hatte, ließ er in seinem ganzen Reich verkünden, daß er einen Lohn demjenigen geben wolle, der ihn lehrte, woran man die richtige Zeit für jedes Werk erkenne, woher man wisse, welche Menschen die richtigen seien, und wie man immer, ohne zu irren, erfahre, welches Werk das wichtigste von allen sei. Und viele Gelehrte kamen zum König und gaben ihm verschiedene Antworten auf seine Fragen. Alle Antworten waren verschieden; der König nahm daher keine von allen an und gab niemand die Belohnung. Um aber die richtigen Antworten auf seine Fragen zu bekommen, entschloß er sich, einen Einsiedler zu fragen, der ob seiner großen Weisheit berühmt war.
Der Einsiedler lebte im Walde, verließ niemals seine Wohnstätte und empfing nur einfache Menschen. Der König legte darum einfache Kleidung an, trennte sich von seinen Waffenträgern weit von der Klause des Einsiedlers, stieg vom Pferde und ging allein zu ihm hin. Als der König sich näherte, grub der Einsiedler vor seiner

Klause die Beete um. Er erblickte den König, begrüßte ihn und arbeitete gleich weiter. Der Einsiedler war schmächtig und schwach und atmete schwer, wenn er den Spaten in die Erde stieß und die kleinen Schollen umwandte.

Der König ging auf ihn zu und sagte: »Ich komme zu dir, weiser Einsiedler, um dich zu bitten, mir diese drei Fragen zu beantworten: Welche Zeit muß ich im Sinn haben und nicht versäumen, um hinterher nicht zu bereuen; welche Menschen sind die notwendigsten, mit welchen Menschen muß man sich also mehr und mit welchen weniger abgeben; und welche Werke sind die wichtigsten; was muß man vor allen Werken tun?«

Der Einsiedler hörte den König an, antwortete aber nicht. Er spuckte in die Hände und begann wieder zu graben.

»Du bist wohl müde«, sagte der König, »gib mir den Spaten, ich will für dich arbeiten.«

»Ich danke«, sagte der Einsiedler. Er gab dem König den Spaten und setzte sich auf die Erde.

Als der König zwei Beete umgegraben hatte, hielt er inne und wiederholte seine Frage. Der Einsiedler antwortete nichts, streckte aber seine Hand nach dem Spaten aus.

»Jetzt ruhe dich aus, ich will«, sagte er.

Der König gab ihm aber den Spaten nicht her und fuhr fort zu graben. So verging eine Stunde und eine zweite. Die Sonne begann schon hinter den Bäumen unterzugehen, als der König den Spaten in die Erde steckte und sagte: »Ich kam zu dir, weiser Mann, damit du mir meine Fragen beantwortest. Wenn du sie nicht beantworten kannst, so sage es mir, und ich werde nach Hause gehen.«

»Da kommt jemand gelaufen«, sagte der Einsiedler. »Laß uns sehen, wer es ist.«

Der König sah sich um und erblickte in der Tat einen bärtigen Mann, der aus dem Walde gelaufen kam. Der Mann hielt die Hände an den Leib gedrückt, und unter seinen Händen strömte Blut. Der bärtige Mann lief auf den König zu, fiel zur Erde, schloß die Augen und rührte

sich nicht mehr, sondern stöhnte nur mit schwacher Stimme. Der König und der Einsiedler öffneten die Kleider des Mannes. Auf seinem Leib klaffte eine tiefe Wunde. Der König wusch sie, so gut er konnte, und verband sie mit seinem Taschentuch und dem Handtuch des Einsiedlers. Das Blut ließ sich aber nicht stillen, und der König nahm einige Male den mit warmem Blut durchtränkten Verband ab und wusch und verband die Wunde von neuem.
Als das Blut endlich gestillt war, kam der Verwundete zu sich und bat um einen Trunk. Der König brachte frisches Wasser herbei und gab dem Verwundeten zu trinken.
Die Sonne war inzwischen untergegangen, und es wurde kühl. Der König trug den verwundeten Mann mit Hilfe des Einsiedlers in die Klause und legte ihn auf das Bett. Als der Verwundete auf dem Bett lag, schloß er wieder die Augen und wurde still. Der König war vom Gehen und von der Arbeit so müde geworden, daß er sich vor der Schwelle hinhockte und so fest einschlief, daß er die ganze kurze Sommernacht durchschlief. Als er am Morgen erwachte, konnte er lange nicht begreifen, wo er sich befand und wer dieser seltsame, bärtige Mann war, der auf dem Bett lag und ihn unverwandt mit glänzenden Augen ansah.
»Vergib mir«, sagte der bärtige Mann mit schwacher Stimme, als er sah, daß der König erwacht war und ihn anblickte.
»Ich kenne dich nicht und habe dir nichts zu vergeben«, sagte der König.
»Du kennst mich nicht, aber ich kenne dich. Ich bin dein Feind, der geschworen hat, an dir Rache zu nehmen, weil du meinen Bruder hingerichtet und mir meine Habe genommen hast. Ich wußte, daß du allein zum Einsiedler gegangen warst, und ich wollte dich töten auf deinem Rückwege. Es verging aber der ganze Tag, und du kamst immer nicht. Da ging ich aus meinem Versteck heraus, um zu sehen, wo du bleibst, und stieß auf deine Waffenträger. Sie erkannten mich und verwundeten mich. Ich

lief ihnen davon. Ich verblutete und wäre gestorben, wenn du meine Wunde nicht verbunden hättest. Ich habe dich töten wollen, und du hast mir das Leben gerettet. Wenn ich nun am Leben bleibe, und du es mir gewährst, so werde ich dir wie ein treuer Sklave dienen und dasselbe auch meinem Sohne befehlen. Vergib mir!«

Der König freute sich, daß es ihm so leicht gelungen war, sich mit seinem Feinde auszusöhnen, und verzieh ihm nicht nur, sondern versprach auch, ihm seine Güter zurückzugeben und seinen Diener und seinen Arzt zu ihm zu schicken.

Nachdem der König sich von dem Verwundeten verabschiedet hatte, trat er vor die Tür und suchte mit den Augen den Einsiedler. Ehe er von ihm ging, wollte er ihn zum letzten Male um Antwort auf die Frage bitten. Der Einsiedler war draußen, er rutschte auf den Knien vor den Beeten, die er gestern umgegraben, und steckte Gemüsesamen hinein. Der König ging auf ihn zu und sagte: »Zum letzten Male bitte ich dich, weiser Mann, mir meine Fragen zu beantworten.«

»Die sind ja schon beantwortet«, sagte der Einsiedler, sich auf seine mageren Waden hinhockend und von unten zu dem vor ihm stehenden König hinaufblickend.

»Wieso sind sie beantwortet«, fragte der König.

»Gewiß«, sagte der Einsiedler. »Hättest du dich gestern nicht meiner Schwäche erbarmt und diese Beete für mich gegraben, sondern wärest allein zurückgegangen, so hätte dich der Mann überfallen, und du hättest bereut, daß du nicht bei mir geblieben bist. Die richtige Zeit war also die, in der du meine Beete umgrubst, der wichtigste Mensch war ich, und das wichtigste Werk war, mir Gutes zu tun. Und später, als er hergelaufen kam, war die richtige Zeit die, wo du ihn pflegtest; denn hättest du seine Wunden nicht verbunden, wäre er gestorben, ohne sich mit dir versöhnt zu haben. Also war er damals der wichtigste Mensch und das, was du getan hast, das wichtigste Werk.

Merke es dir nun: es gibt nur eine wichtige Zeit – den

Augenblick; sie ist darum die wichtigste, weil wir nur in ihr Gewalt über uns haben; der wichtigste Mensch ist der, mit dem du im Augenblick zusammengekommen bist, denn niemand kann wissen, ob du je wieder mit einem anderen Menschen zusammenkommst.
Und das wichtigste Werk ist, ihm Gutes zu tun, denn nur darum ist der Mensch in die Welt gesandt.«

Leo N. Tolstoi

7
Das Geheimnis des alten Straßenkehrers Beppo

Es ist so: Manchmal hat man eine sehr lange Straße vor sich. Man denkt, die ist so schrecklich lang; das kann man niemals schaffen, denkt man.
Und dann fängt man an, sich zu eilen. Und man eilt sich immer mehr. Jedesmal, wenn man aufblickt, sieht man, daß es gar nicht weniger wird, was noch vor einem liegt.
Und man strengt sich noch mehr an, man kriegt es mit der Angst, und zum Schluß ist man ganz außer Puste und kann nicht mehr. Und die Straße liegt immer noch vor einem. So darf man es nicht machen.
Man darf nie an die ganze Straße auf einmal denken, verstehst du?
Man muß nur an den nächsten Schritt denken, an den nächsten Atemzug, an den nächsten Besenstrich. Und immer wieder nur an den nächsten. Dann macht es Freude; das ist wichtig, dann macht man seine Sache gut. Und so soll es sein.
Auf einmal merkt man, daß man Schritt für Schritt die ganze Straße gemacht hat.
Man hat gar nicht gemerkt wie, und man ist nicht außer Puste. Das ist wichtig.

Michael Ende

8
Übersetzungskunst

Der Kommandant einer österreichischen Abteilung hat Befehl, Repressalien gegen ein albanisches Dorf durchzuführen, falls sich die Dorfbewohner nicht verpflichten, gewissen österreichischen Forderungen voll nachzukommen. Glücklicherweise spricht keiner der Soldaten Albanisch, noch verstehen die Bewohner des Dorfes auch nur eine der vielen Sprachen, die im ethnischen Mischmasch der k. und k. Armee gesprochen werden. Endlich findet sich ein Dolmetscher – ein Mann, reich an jenem praktischen Verständnis der menschlichen Natur, das die Bewohner jener fernen, fabelhaften Länder östlich und südlich von Wien (dem *Maghrebinien* Gregor von Rezzoris) so besonders auszeichnet. Und da ist kaum ein einziger Satz in dem ganzen langen Palaver, den er wahrheitsgetreu übersetzt. Vielmehr erzählt er jeder der beiden Seiten nur das, was sie von der anderen hören will oder anzunehmen bereit ist, schiebt hier eine kleine Drohung, dort die Andeutung eines Versprechens ein, bis schließlich beide Seiten die andere so vernünftig und fair finden, daß der österreichische Offizier keinen Grund für Repressalien mehr sieht, während die Dorfbewohner ihn nicht gehen lassen, bis er gewisse Abschiedsgeschenke annimmt, von denen er wiederum glaubt, es handle sich um freiwillige Wiedergutmachungen.

Paul Watzlawick

9
Swimmy

Irgendwo in einer Ecke des Meeres lebte einmal ein Schwarm kleiner, glücklicher Fische. Sie waren alle rot. Nur einer von ihnen war schwarz.
Schwarz wie die Schale der Miesmuschel.
Aber nicht nur in der Farbe unterschied er sich von seinen Schwestern und Brüdern: Er schwamm auch schneller.
Sein Name war Swimmy.
Eines schlimmen Tages kam ein Thunfisch in diese Ecke des Meeres gebraust, ein schneller, grimmiger, überaus hungriger Bursche. Der verschlang alle kleinen roten Fische mit einem einzigen Maulaufreißen. Nur ein Fisch entkam ihm. Das war Swimmy.
Erschrocken, traurig und einsam wedelte der kleine Swimmy hinaus ins große, große Meer.
Nun ist das Meer aber voller wunderbarer Geschöpfe, die Swimmy in seiner heimatlichen Meeresecke nie gesehen hatte. Als der große Ozean ihm Wunder um Wunder vorführte, wurde er bald wieder so munter wie ein Fisch im Wasser. (Und ein Fisch im Wasser war er ja; wenn auch nur ein kleiner.) Zuerst sah Swimmy die Meduse, die Qualle.
Er fand sie wunderbar. Sie sah aus, als wäre sie aus Glas, und sie schillerte in allen Farben des Regenbogens.
Dann sah Swimmy eine Art lebenden Schaufelbagger. Das war der Hummer.
Gleich darauf schwammen sehr seltsame Fische an ihm vorbei, leise und gleichmäßig, als ob sie von unsichtbaren Fäden gezogen würden. Dem kleinen munteren Swimmy waren sie ein bißchen unheimlich.
Bald aber war Swimmy wieder heiter.
Swimmy kam aus dem Staunen nicht heraus. Jetzt nämlich begegnete er einem Aal, der ihm unendlich lang erschien. Als Swimmy endlich wild wedelnd am Kopf des

Aales angekommen war, konnte er sich schon nicht mehr an die Schwanzspitze erinnern.
Ein Wunder schloß sich ans andere an. Das nächste waren die See-Anemonen. Sie schwangen in der Strömung sanft hin und her, wie rosa Palmen, vom Wind bewegt.
Dann jedoch glaubte Swimmy seinen Augen nicht zu trauen: Er sah einen Schwarm kleiner roter Fische. Hätte er nicht gewußt, daß sein eigener Schwarm verschlungen und verschwunden war: Er hätte die Fische für seine Schwestern und Brüder gehalten. »Kommt mit ins große Meer!« rief er ihnen munter zu. »Ich will euch viele Wunder zeigen!«
»Geht nicht«, antworteten die kleinen roten Fische ängstlich. »Dort würden uns die großen Fische fressen! Wir müssen uns im sicheren Felsenschatten halten.«
Die Antwort der kleinen roten Fische machte Swimmy nachdenklich. Er fand es traurig, daß der Schwarm sich nie hinaus ins offene Meer trauen durfte. »Da muß man sich etwas ausdenken!« dachte er. Und er dachte nach.
Er überlegte und überlegte und überlegte. Und endlich hatte er einen Einfall. »Ich habs!« rief er fröhlich. »Laßt uns etwas ausprobieren!«
Da Swimmy den kleinen roten Fischen gefiel, befolgten sie seine Anweisungen: Sie bildeten einen Schwarm in einer ganz bestimmten Form. Jedes Fischchen bekam darin seinen Platz zugewiesen.
Als der Schwarm diese bestimmte Form angenommen hatte, da war aus vielen kleinen roten Fischen ein großer Fisch geworden, ein Fisch aus Fischen, ein Riesenfisch. Es fehlte dem Fisch nur das Auge. Also sagte Swimmy: »Ich spiele das Auge!«
Dann schwamm er als kleines schwarzes Auge im Schwarm mit.
Jetzt traute der Schwarm sich endlich hinaus ins offene Meer, hinaus in die große Welt der Wunder. Niemand wagte mehr, sie zu belästigen. Im Gegenteil: Selbst die größten Fische nahmen vor dem Schwarm Reißaus. Und so schwimmen viele kleine rote Fische, getarnt als Rie-

senfisch, immer noch glücklich durch das Meer und Swimmy fühlt sich in seiner Rolle als wachsames Auge sehr, sehr wohl.

Leo Lionni

10

Istanbul

Mehmet stand hinter der Theke seines kleinen Restaurants und wartete auf Gäste. In einer Stunde würde kaum ein Platz frei sein. Jetzt war das Lokal noch leer, und Mehmet hatte Zeit zum Nachdenken. Er dachte nach über Vergangenheit und Zukunft. Und er war zufrieden mit sich und der Welt.

Drei Jahre Gastarbeiterzeit. Er hatte gut verdient, hatte gute Menschen kennengelernt. Andere auch, aber in der Mehrzahl gute. Besonders seine Frau! Zwei Jahre waren sie verlobt, Mehmet und Marita aus D. Sie war eine fromme Frau. Mehmet war ihr zuliebe Christ geworden. Er hatte es nicht bereut. Er bildete sich sogar ein, seitdem bewußter zu leben.

Als sie genügend zusammengespart hatten, wurde die Hochzeit gefeiert. Ein Jahr später war Marita ihm nach Istanbul gefolgt. Sie hatten das kleine Lokal gepachtet in der Nähe der Hagia Sophia, der berühmten Christenkirche und Moschee, die gleich rechts um die Ecke stand und viele Gäste anzog, die anschließend Mehmets Gäste im Lokal waren.

Nach links ging man zum Topkapi-Sultanspalast mit den Schätzen des Orients, zum Serail, zum großen Areal des Sultanspalastes.

Auch von dort kamen viele Gäste zu Mehmet, weil es im Restaurant des Palastes nicht gerade billig war, wenn man speisen wollte.

Abends, wenn in Mehmets Lokal Hochbetrieb war, kam Mahmud, sein Bruder, zur Aushilfe. Marita schaffte die Küche in den Stoßzeiten nicht allein. Mehmets Schwester half stundenweise mit. So ernährte der Betrieb Mehmet und Marita und einen Teil seiner Familie. –
Mehmet ging nach draußen, stieg die paar Stufen zur Mauer empor und blickte hinüber zum Goldenen Horn. Noch stand die Sonne darüber. Wenn sie in zwei Stunden sich zum Untergang neigte, war das Goldene Horn, die Halbinsel der großen Stadt, in das strahlende Feuer ihres Gegenlichtes getaucht. Dann machte das Goldene Horn seinem Namen alle Ehre, stand gülden glänzend über dem Spiegel des Bosporus.
Mehmet liebte die Stadt seiner Jugend: Istanbul, die ewig junge Stadt mit ihrer reichen Vergangenheit. Byzanz, Konstantinopel, Istanbul, das waren Metamorphosen jener immer geschäftigen, immer junggebliebenen Stadt. Und weil er die Stadt liebte, machte er sich große Sorgen um den zunehmenden Terror rechter und linker Gruppen, die immer neue Erschütterung über die Stadt brachten. Auch ihm hatten sie gedroht, als er den »Schutzzoll« für das Lokal verweigert hatte. Die »Grauen Wölfe«, deren Gesinnung er nicht teilte. Sie hatten ihm vorgeworfen, er habe ihre politischen Gegner in seinem Lokal bedient.
Mehmet war für all seine Gäste da, ohne Rücksicht auf deren politische Anschauungen und Ziele. Sie suchten Vorwände gegen ihn. In Wirklichkeit paßte es ihnen nicht, daß er das Lokal hochgewirtschaftet hatte und daß er Christ geworden war. Sie hatten ihm gedroht. Mehmet nahm das ernst, aber nicht so ernst, daß er Angst vor ihnen hatte...
Die ersten Gäste kamen. Mehmet ging in sein Lokal, nahm Bestellungen auf, eilte zwischen Theke und Küche fleißig hin und her.
Eine Stunde später war kein Platz mehr frei, genauso, wie Mehmet es vorausgewußt hatte.
Mitten in das laute und gesprächige Treiben im Lokal

flog plötzlich das Ding zwischen die Tische der Gäste. Mehmet war geistesgegenwärtig genug, das Ding aufzuheben und zu erkennen, daß es eine Bombe sein mußte. Im Bruchteil einer Sekunde sprang er zu, trug die Bombe in beiden Händen und hetzte nach draußen, um sie loszuwerden, wegzuschleudern, unschädlich zu machen, die Gäste vor Schaden zu bewahren.
Er erreichte die Tür, wollte die Bombe von sich werfen, erkannte den Bettler auf der anderen Straßenseite, der dort saß und den Hut auf die Straße gestellt hatte. Mehmet blickte nach rechts, sah die Gruppe der Kinder auf sich zukommen, wollte die Bombe nach links werfen... Da stiegen neuangekommene Menschen aus dem geparkten Bus. Mehmet erkannte blitzartig die Ausweglosigkeit der Lage, wollte um jeden Preis Menschen schonen, um jeden Preis. Auch um den Preis der Selbstpreisgabe. Er krümmte sich über der Bombe zusammen, deckte sie voll mit seinem Körper zu, lag vor der Tür auf der Straße und sah die Szene wie eine Blitzlichtaufnahme. Dann zerriß ihn die Explosion...

Helmut Ludwig

11
Der Gang auf dem Seil

Einmal saßen die Chassidim in brüderlicher Gemeinde beisammen, als Rabbi Israel, die Pfeife in der Hand, zu ihnen trat. Da sie ihn so nah und vertraut vor sich sahen, redeten sie ihn an: »Sagt uns doch, lieber Rabbi, wie sollen wir Gott dienen?« Er verwunderte sich und antwortete: »Weiß ich's denn?« Aber sogleich fuhr er fort zu sprechen und erzählte: »Es waren einst zwei Freunde, die wurden eines gemeinsamen Vergehens halber vor dem König angeklagt. Da er sie aber liebte, wollte er ihnen eine Gnade erweisen. Lossprechen konnte er sie nicht, denn auch das königliche Wort besteht nicht gegen die Satzung des Rechts. So sprach er das Urteil, es solle über einem tiefen Abgrund ein Seil gezogen werden, und die zwei Schuldigen sollten es, einer nach dem andern, beschreiten; wer das jenseitige Ufer erreiche, dem sei das Leben geschenkt. Es geschah so, und der eine der Freunde kam ungefährdet hinüber. Der andre stand noch am selben Fleck und schrie: ›Lieber, sage mir doch, wie hast du es angestellt, um die fürchterliche Tiefe zu überqueren?‹ ›Ich weiß nichts‹, rief jener zurück, ›als dieses eine: wenn es mich nach der einen Seite riß, neigte ich mich auf die andre.‹«

Martin Buber

12

Wo wohnt Gott?

Als Rabbi Jizchak Meïr ein kleiner Junge war, brachte ihn seine Mutter einmal zum Maggid von Kosnitz. Da fragte ihn jemand: »Jizchak Meïr, ich gebe dir einen Gulden, wenn du mir sagst, wo Gott wohnt.« Er antwortete: »Und ich gebe dir zwei Gulden, wenn du mir sagen kannst, wo er nicht wohnt.«

Martin Buber

V
Sich erinnern

Erinnerungen weisen nach rückwärts und vorwärts zugleich. Ihr Stoff stammt aus der Vergangenheit, aber ihre Wirkungen reichen – wenngleich oft unbemerkt – in Gegenwart und Zukunft. Daher wird erst durch die Erhellung dessen, was war, das, was ist, verständlich. Daher auch wirken Erinnerungen als Brücken des Verstehens, als Fundamente für zukünftiges sinnvolles Handeln. Eltern erfahren dies beispielhaft, wenn sie sich die eigene Kindheit vergegenwärtigend ihrem Kind zuwenden (1). Die Brücken zu Geschehnissen der Vergangenheit freilich, auf denen dunkle Schatten des Unerledigten, des Versäumten oder gar des Verwerflichen liegen, werden von Menschen aller Zeiten lieber abgebrochen. Auf ihnen könnte unerwünschte Fracht in den eingefriedeten Bezirk der gelebten Gegenwart transportiert werden. So geschah und geschieht das im großen Stil mit der Erinnerung an die grauenvolle Zeit in Deutschland vor 1945 (2). Es ist gewiß ein Irrtum zu glauben, die kollektiven Wahnsinnstaten von Millionen könnten im nachhinein irgendwie »verarbeitet« werden. Das unsagbare Leid der ungezählten Opfer jener Tage läßt sich durch nichts aus der Welt schaffen, auch nicht durch reuevolles Wohlverhalten (3) oder durch einen alles Gewesene einfach abschüttelnden vereinten Neuanfang, so als wäre nur ein Theaterstück zuende gegangen (4). Aber indem wir uns dieser Vergangenheit stellen, stellen wir uns zugleich einer dunklen Seite unseres gemeinsamen Wesens, das seit Urzeiten unter Ausschaltung jedweder vernünftiger Regung zu kollektiv-aggressiver Begeisterung fähig ist mit all ihren mörderischen (5) und wertblind machenden Folgen (6). Wer sich in dieser Weise erinnernd auf sich selbst besinnt, kann nicht mehr einstimmen in das verständnislos-überlegene Gespött der Nachgeborenen über den Wahn der Väter (7), sondern muß verstummen beim Blick in den eigenen Abgrund (8, 9). Ein solcher Blick zurück, der zugleich ein Blick in die Tiefen der menschlichen Seele ist, macht den Weg frei für die Erkenntnis, wie sehr der abgelehnte, verlachte Mensch immer auch ein Spiegelbild des eigenen Ich ist (10) und für die Wahrnehmung, daß auch die als selbstverständlich und normal empfundene Realität in Wahrheit irrationale, wahnhafte Züge trägt (11). In den Fluten des Irrationalen, die uns von innen und außen gleichermaßen bedrängen, können indessen Erinnerungen ganz anderer Art wie rettende Inseln erscheinen: es sind Erinnerungen an entscheidende, Ganzheit und Geborgenheit vermittelnde, das eigene Empfinden prägende Erfahrungen, die als wohlklingende Grundakkorde das ganze Leben hindurch mitschwingen (12).

R.P.

1

Ein Nachmittag 1939

Das hier ist eine endlos wiederholte Geschichte, die ich meiner vierjährigen Tochter immer wieder erzähle. Die Geschichte gibt ihr was, und sie will sie immer und immer wieder hören.

Wenn es Zeit zum Zubettgehen ist, sagt sie »Daddy, erzähl mir wie du noch ein Kind warst und in den Felsen reingeklettert bist.«

»OK.«

Sie bauscht ihre Decken kuschelig um sich herum, als wären sie lenkbare Wolken, steckt den Daumen in den Mund und schaut mich mit aufmerksamen blauen Augen an.

»Einmal, als ich noch ein kleines Kind war, genau in deinem Alter, haben mich meine Mutter und mein Vater

zum Picknick auf den Mount Rainier mitgenommen. Wir sind in einem alten Auto hingefahren, und mitten auf der Straße stand ein Reh.
Wir kamen zu einer Wiese, auf der Schnee lag; der Schnee lag da, wo die Schatten der Bäume hinfielen und an den Stellen, wo die Sonne nicht hinschien.
Auf der Wiese wuchsen wilde Blumen, die sehr schön aussahen. Mitten auf der Wiese stand ein riesiger, runder Felsen, und Daddy ging zu dem Felsen hin und fand ein Loch in der Mitte, durch das er hineinschaute. Der Felsen war hohl wie ein kleines Zimmer.
Daddy kroch in den Felsen hinein, setzte sich hin und schaute hinaus in den blauen Himmel und zu den wilden Blumen. Der Felsen gefiel Daddy sehr, und er tat so, als wäre er ein Haus, und er spielte den ganzen Nachmittag in dem Felsen drin.
Er holte sich ein paar kleinere Felsbrocken und schaffte sie in den großen Felsen hinein. Er spielte, daß die Felsbrocken ein Ofen und Möbel und andere Sachen wären, und die wilden Blumen waren Lebensmittel, aus denen er was zu essen kochte.«
Damit endete die Geschichte.
Sie schaut mich dann mit ihren weiten, blauen Augen an und sieht mich als Kind in einem Felsen spielen, sieht mich so tun, als wären wilde Blumen Frikadellen, die ich auf einem ofenähnlichen Felsbrocken koche.
Sie kann einfach nicht genug von der Geschichte kriegen. Sie hat sie schon dreißig oder vierzigmal gehört, und sie will sie immer wieder hören.
Sie ist sehr wichtig für sie.
Ich glaube, sie benutzt diese Geschichte als eine Art Christoph-Kolumbus-Tür, durch die sie durchgeht und ihren Vater entdeckt, als er noch ein Kind war und ihr Altersgenosse.

Richard Brautigan

2
Die Fragenden

In Buchenwald wurden die drei jungen Männer vor eine Landkarte geführt, auf der alle Konzentrationslager mit ihren »Nebenstellen« aufgeführt waren. Verblüfft fanden sie auch den Namen ihrer Heimatgemeinde, W. Davon wußten sie nichts, hatten sie nie etwas gehört. Heimgekehrt, erkundigten sie sich zaghaft auf dem Magistrat, ob es in W. oder in dessen Umgebung während der Hitlerzeit ein Lager gegeben habe. Dies könnte nicht sein. Nein. Davon müßte man wissen. Da die drei Jungen Kommunisten waren, hielt man sich eher noch mehr zurück.

Sie blieben hartnäckig, fragten weiter, vor allem die älteren Bürger der Stadt. Niemand konnte sich erinnern. Schweigen oder Unwillen waren die Antworten, die sie bekamen. Da sie in ihrer Stadt wohl nichts erfahren würden und das Schweigen sie schmerzte, wendeten sie sich an Archive, auch im Ausland. Sie bekamen rascher Auskunft, als sie erwartet hatten.

Sie lasen, daß ein Konzentrationslager in einem der Stadt nahen Waldstück bestanden habe. Daß in diesem Lager 1600 ungarische Jüdinnen gefangen gehalten worden seien. Daß diese Frauen für eine Firma auf dem Flughafen hätten arbeiten müssen. Sie erfuhren auch, daß mindestens sechs Frauen von der Wachmannschaft zu Tode gequält worden seien. Als sie dies alles wußten, vor sich liegen hatten, schwarz auf weiß, als die Vergangenheit ihrer Eltern sichtbar wurde in Dokumenten, von Mörderhänden abgegriffenen Papieren, als die Stadt zu flüstern begann, noch nicht mehr, fingen die jungen Männer im Wald an zu graben. Sie stießen bald auf die Fundamente der gesprengten Baracken, fanden Helme, Werkzeuge. Jeden Abend saßen sie zusammen, schrieben auf, sammelten, zeichneten den Grundriß des Lagers.

Plötzlich begannen einige Bürger doch zu sprechen. Das

Schweigen redete: Warum sie an diese alten Geschichten rührten. Das gehe sie nichts an. Sie sollten die Hände davon lassen. Sie beschmutzten mit dieser Wühlerei das Ansehen ihrer Gemeinde. Das Waldstück gehöre gar nicht zu W., sondern zu Z. Aber sie hörten auch, es habe vor einigen Jahren eine alte Frau nach dem Lager gefragt, nach einer Gedenkstätte, an der sie Blumen niederlegen wolle. Sie erhielten, nachdem ihre Suche bekannt geworden war, Briefe aus allen Himmelsrichtungen. Aus Israel meldeten sich Überlebende. Die jungen Männer sparten und fuhren hin, um die Frauen zu befragen. Einer von ihnen berichtete, er habe, weil der Schmerz für ihn so übermächtig geworden sei, das Tonband abstellen müssen. Er ersetzte das Schweigen seiner Väter durch seines.

Sie entdeckten die Gräber der sechs ermordeten Frauen. Nicht auf dem Friedhof in W., sondern auf einem Friedhof in dem dreißig Kilometer entfernten O.

Da sie nun das schreckliche Schweigen begriffen hatten, da sie genau und unerbittlich nacherzählen konnten, was geschehen war, legten sie Wert darauf, daß ein Stein mit einer Inschrift an die verleugnete Stätte erinnere. Wieder wehrten sich die Stimmen. Dann müßten auch die Opfer des Kommunismus. Wenn überhaupt. Warum überhaupt? Ihre Geduld setzte sich durch. Den Stein wird es geben.

Peter Härtling

3

Der Richter und der alte Mann

Der Richter fragt den alten Mann, den KZ-Wächter Fuchs, wie er heute zu den Tatsachen der Judenvernichtung stehe. Der Herzkranke antwortet nach dem Muster der Unbelehrbaren: »Man hätte die Juden auf eine einsame Insel abschieben sollen.« Der Richter: »Und was würden Sie sagen, wenn der Staat verfügte, daß alle Leute mit dem Namen Fuchs auf eine einsame Insel abgeschoben werden müßten?« Der Fuchs, kleinlaut: »Man hätte die Judenfrage auf anständige Weise lösen sollen.« Der pädagogische Richter: »Was nennen Sie anständig?« Der Nazi, so in die Enge getrieben, sagt endlich ganz leise, was man von ihm zu hören wünscht: »Man hätte die Juden in Ruhe lassen sollen.«

Botho Strauß

4
Die Tragödie

»Das Spiel ist aus!« riefen in der Schlußszene die endlich siegreichen Gegenspieler den entlarvten bösen Machthabern zu, verstellten ihnen den Weg zur Flucht oder zu den Waffen, nahmen sie fest und führten sie, ohne sie noch eines Blickes zu würdigen, in die Kulisse ab, während der Vorhang fiel.
Als er aber dann zum Applaus wieder hochging, kamen die besiegten Machthaber schon Hand in Hand mit den neuen Siegern zurück, und alle verneigten sich artig vor dem Publikum, das ihnen zurief und wie von allen guten Geistern verlassen Beifall klatschte.

Erich Fried

5
Der Soldat von La Ciotat

Nach dem ersten Weltkrieg sahen wir in der kleinen südfranzösischen Hafenstadt La Ciotat bei einem Jahrmarkt

zur Feier eines Schiffsstapellaufs auf einem öffentlichen Platz das bronzene Standbild eines Soldaten der französischen Armee, um das die Menge sich drängte. Wir traten näher hinzu und entdeckten, daß es ein lebendiger Mensch war, der da unbeweglich in erdbraunem Mantel, den Stahlhelm auf dem Kopf, ein Bajonett im Arm, in der heißen Junisonne auf einem Steinsockel stand. Sein Gesicht und seine Hände waren mit einer Bronzefarbe angestrichen. Er bewegte keinen Muskel, nicht einmal seine Wimpern zuckten.
Zu seinen Füßen an dem Sockel lehnte ein Stück Pappe, auf dem folgender Text zu lesen war:

Der Statuenmensch
(Homme Statue)

Ich, Charles Louis Franchard, Soldat im ...ten Regiment, erwarb als Folge einer Verschüttung vor Verdun die ungewöhnliche Fähigkeit, vollkommen unbeweglich zu verharren und mich beliebige Zeit lang *wie eine Statue* zu verhalten. Diese meine Kunst wurde von vielen Professoren geprüft und als eine unerklärliche Krankheit bezeichnet. Spenden Sie, bitte, einem Familienvater ohne Stellung eine kleine Gabe!

Wir warfen eine Münze in den Teller, der neben dieser Tafel stand, und gingen kopfschüttelnd weiter.
Hier also, dachten wir, steht er, bis an die Zähne bewaffnet, der unverwüstliche Soldat vieler Jahrtausende, er, mit dem Geschichte gemacht wurde, er, der alle diese großen Taten der Alexander, Cäsar, Napoleon ermöglichte, von denen wir in den Schullesebüchern lesen. Das ist er. Er zuckt nicht mit der Wimper. Das ist der Bogenschütze des Cyrus, der Sichelwagenlenker des Kambyses, den der Sand der Wüste nicht endgültig begraben konnte, der Legionär Cäsars, der Lanzenreiter des Dschingis-Khan, der Schweizer des XIV. Ludwig und des I. Napoleon Grenadier. Er besitzt die eben doch nicht so

ungewöhnliche Fähigkeit, sich nichts anmerken zu lassen, wenn alle erdenklichen Werkzeuge der Vernichtung an ihm ausprobiert werden. Wie ein Stein, fühllos (sagt er), verharre er, wenn man ihn in den Tod schicke. Durchlöchert von Lanzen der verschiedensten Zeitalter, steinernen, bronzenen, eisernen, angefahren von Streitwagen, denen des Artaxerxes und denen des Generals Ludendorff, zertrampelt von den Elefanten des Hannibal und den Reitergeschwadern des Attila, zerschmettert von den fliegenden Erzstücken der immer vollkommeneren Geschütze mehrerer Jahrhunderte, aber auch den fliegenden Steinen der Katapulte, zerrissen von Gewehrkugeln, groß wie Taubeneier und klein wie Bienen, steht er, unverwüstlich, immer von neuem, kommandiert in vielerlei Sprachen, aber immer unwissend warum und wofür. Die Ländereien, die er eroberte, nahm nicht er in Besitz, so wie der Maurer nicht das Haus bewohnt, das er gebaut hat. Noch gehörte ihm etwa das Land, das er verteidigte. Nicht einmal seine Waffe oder seine Montur gehört ihm. Aber er steht, über sich den Todesregen der Flugzeuge und das brennende Pech der Stadtmauern, unter sich Mine und Fallgrube, um sich Pest und Gelbkreuzgas, fleischerner Köcher für Wurfspieß und Pfeil, Zielpunkt, Tankmatsch, Gaskocher, vor sich den Feind und hinter sich den General!
Unzählige Hände, die ihm das Wams webten, den Harnisch klopften, die Stiefel schnitten! Unzählbare Taschen, die sich durch ihn füllten! Unermeßliches Geschrei in *allen* Sprachen der Welt, das ihn anfeuerte! Kein Gott, der ihn nicht segnete! Ihn, der behaftet ist mit dem entsetzlichen Aussatz der Geduld, ausgehöhlt von der unheilbaren Krankheit der Unempfindlichkeit.
Was für eine Verschüttung, dachten wir, ist das, der er diese Krankheit verdankt, diese furchtbare, ungeheuerliche, so überaus ansteckende Krankheit?
Sollte sie, fragten wir uns, nicht doch heilbar sein?

Bertolt Brecht

6
Lesebuchgeschichte

Als der Krieg aus war, kam der Soldat nach Haus. Aber er hatte kein Brot. Da sah er einen, der hatte Brot. Den schlug er tot.
Du darfst doch keinen totschlagen, sagte der Richter.
Warum nicht, fragte der Soldat.

Wolfgang Borchert

7
Im Kino

Als Äneas, Held von Troja, im Hafen von Karthago landete, entdeckte er, in den Marmor eines Tempels gehauen, Szenen aus dem legendären Krieg, den er gerade hinter sich gelassen hatte, und unter den Kriegern auch sein eigenes Bild.
A., nur ein Parteigenosse, ein Mitläufer im Nazi-Regime, sitzt, jetzt als ein alter Mann, vorn in einem Kino und plötzlich in einer alten Wochenschau oder einem Hitler-Dokumentarfilm erkennt er sich wieder im schreienden Volk, sieht er sich, den jungen brüllenden Mann, in einer Großaufnahme. Ja, denkt er und fühlt sich anonym bis in die Fingerspitzen, ich war dabei, ich habe geschrien, ich war ein Volk – ein Schrei. Jetzt sitze ich allein unter vielen Jungen in einem dunklen Kino, lauter kritische Köpfe, die sich nur wundern können über unseren Schrei, die sogar in johlendes Gelächter darüber ausbrechen und keinerlei Ehrfurcht vor dem Bösen empfinden.

Botho Strauß

8

Das Mädchen in der Straßenbahn

Ich erinnere mich, daß ich im Herbst 1943, gerade vierzehn Jahre alt geworden, in der Kölner Straßenbahn ein Mädchen mit großen schwarzen Augen anstarrte. Sie hatte einen dicken, braunen Zopf und stand in meiner Nähe auf der hinteren Plattform. Sie erschien mir wunderbar, geheimnisvoll und traurig, und ich überlegte verzweifelt, wie ich – die kleine dünne Blonde mit dem Bubikopf – sie ansprechen könnte. Unsere Blicke trafen sich, und ich bildete mir ein, ein winziges Lächeln über ihr Gesicht huschen zu sehen. Dann stiegen am vorderen Eingang Soldaten – oder waren es Polizisten? – ein, mein Mädchen schaute sich wieder und wieder um und verließ, einem plötzlichen Entschluß folgend, die Tram. Beim Aussteigen verschob sich die Tasche, die sie an die Brust gedrückt hielt. Ich sah einen gelben Fleck und das Wort »Jude« in schwarz darauf geschrieben. Ich wollte aussteigen, ihr nachlaufen, aber die Bahn fuhr schon wieder und der Novemberregen klatschte an die Scheiben.

Bei dieser Gelegenheit lernte ich ein Stück meiner eigenen Feigheit kennen, im erotischen und im politischen Sinn, und ich erinnere mich, daß ich damals in der Linie elf, die durch das Severinsviertel fuhr, mit Entsetzen notierte, was in mir war. Wer bin ich denn, wenn ich nicht einmal aus der Bahn steigen und einem unbekannten Menschen, der mein Herz bewegt, nachlaufen kann?

Dorothee Sölle

9

Zwei Gegner

Er hat zwei Gegner: Der erste bedrängt ihn von hinten, vom Ursprung her. Der zweite verwehrt ihm den Weg nach vorn. Er kämpft mit beiden. Eigentlich unterstützt ihn der erste im Kampf mit dem Zweiten, denn er will ihn nach vorn drängen und ebenso unterstützt ihn der zweite im Kampf mit dem Ersten; denn er treibt ihn doch zurück. So ist es aber nur theoretisch. Denn es sind ja nicht nur die zwei Gegner da, sondern auch noch er selbst, und wer kennt eigentlich seine Absichten? Immerhin ist es sein Traum, daß er einmal in einem unbewachten Augenblick – dazu gehört allerdings eine Nacht, so finster wie noch keine war – aus der Kampflinie ausspringt und wegen seiner Kampfeserfahrung zum Richter über seine miteinander kämpfenden Gegner erhoben wird.

Franz Kafka

10

Die Frau mit den Koffern

Denke ich an meine jungen Jahre in einer schlesischen Kleinstadt zurück, dann habe ich wieder das gemächliche Treiben auf dem Marktplatz vor Augen, aber mit einem Mal auch wieder die Frau mit den Koffern, die sich stets wie atemlos hindurchdrängte und sonntags, wenn schon die Orgel eingesetzt hatte, zum Gottesdienst die Bankreihen entlang nach vorn hastete, wo sie mit umständlicher Mühe ihre Koffer und Taschen um sich herum stapelte. Wir kannten sie schon an ihren eiligen Schritten, drehten neugierig die Köpfe nach ihr um und konnten kaum unser Lachen unterdrücken.

Aber es kam ein Tag, seit dem ich mich allen Lachens über diese Frau schäme. Das war im Januar 1945, als wir über Nacht das Notwendigste zusammenraffen mußten für die Flucht vor der näherrückenden Front. Unter der Last unseres Gepäcks keuchend, drängten wir hastig zum Bahnhof hin, um vielleicht noch mit einem Zug davonzukommen. An einer Straßenkreuzung mußten wir vor einer durchfahrenden Kolonne mit Geschützen und Lastwagen innehalten. Da war mit einem Mal von oben ein befremdlicher Laut zu hören, ein anhaltendes schrilles Lachen. Wir blickten hinauf und erkannten jene Frau in einem offenen Fenster, die Arme so aufgestützt, als gäbe es etwas genüßlich zu betrachten wie die Umzüge in den Jahren davor mit Fahnen und Fackeln und Marschmusik. So blickte sie auf uns herab und lachte hinter uns her, während wir mit allem Gepäck weitereilten. Ihr Lachen gellte mir noch in den Ohren, als von unserer Stadt nichts mehr zu sehen war.

Ulrich Kabitz

11
Erinnerungen an Gott

Unvergeßlich der alte Mann im Lichterrausch von Picadilly Circus, über seine Zeitungskiste gebeugt, die Hände gefaltet, versunken ins Gebet, unbekümmert der massenhaften Neugier oder der kurzweilig durchbrochnen Gleichgültigkeit, die ihn umbraust. Sein fleckiger Regenmantel verdeutlicht, wie weit er von irdischem Ehrgeiz entfernt ist. Die Lippen bewegen sich, doch nichts wird hörbar, Autohupen und der Vielklang endlos vorbeirollender Motoren, Geschrei und Musik löschen alles aus, so daß niemand den Alten hört, die Stimme Gottes, der unter die eigenen Geschöpfe geraten wie unter eine

Dampfwalze, die kein Ziel kennt, sondern nur den Weg, auf dem sie alles einebnet.

Günter Kunert

12
Vorfrühling

Ich war etwa vierzehn Jahre alt, und es war im Vorfrühling, im Februar oder März, da lud ein Kamerad mich ein, eines Nachmittags mit ihm auszugehen, um ein paar Holunderstämmchen zu schneiden, die wollte er als Röhren beim Bau einer kleinen Wassermühle benutzen. Wir zogen also aus, und es muß ein besonders schöner Tag in der Welt oder in meinem Gemüt gewesen sein, denn er ist mir im Gedächtnis geblieben und hat mir ein kleines Erlebnis gebracht. Das Land war feucht, aber schneefrei, an den Wasserläufen grünte es schon stark, im kahlen Gesträuch gaben Knospen und erste aufbrechende Kätzchen schon einen Hauch von Farbe, und die Luft war voll Geruch, einem Geruch voll Leben und voll Widerspruch, es duftete nach feuchter Erde, faulendem Laub und jungen Pflanzenkeimen, jeden Augenblick erwartete man schon die ersten Veilchen zu riechen, obschon es noch keine gab. Wir kamen zu den Holundern, sie hatten winzige Knospen, aber noch kein Laub, und als ich einen Zweig abschnitt, drang mir ein bittersüßer, heftiger Geruch entgegen, der alle die andern Frühlingsgerüche in sich gesammelt, summiert und potenziert zu haben schien. Ich war ganz benommen davon, ich roch an meinem Messer, roch an meiner Hand, roch an dem Holunderzweig; sein Saft war es, der so dringlich und unwiderstehlich duftete. Wir sprachen nicht darüber, aber auch mein Kamerad roch lang und nachdenklich an seinem Rohr, auch zu ihm sprach der Duft. Nun, jedes Erlebnis hat eben seine Magie, und hier bestand mein Erlebnis darin, daß der kommende Frühling, schon beim Gehen über die feucht schwappenden Wiesenböden, beim Duft der Erde und Knospen von mir stark und beglückend empfunden, sich nun im Fortissimo des Holunderduftes zu einem sinnlichen Gleichnis und einer Bezauberung konzentrierte und steigerte. Vielleicht hätte ich, auch wenn dies kleine Erlebnis für sich allein geblieben wäre, diesen Geruch niemals mehr vergessen; vielmehr, jede künftige Wiederbegegnung mit diesem Geruch hätte mir wahrscheinlich bis ins Alter stets die Erinnerung an jenes erste Mal aufgeweckt, da ich den Duft bewußt erlebt hatte. Nun kommt aber noch etwas Zweites hinzu. Ich hatte damals bei meinem Klavierlehrer einen alten Band Noten gefunden, der mich gewaltig anzog, es war ein Band Lieder von Franz Schubert. Ich hatte darin geblättert, als ich einmal etwas lange auf den Lehrer warten mußte, und auf meine Bitte hatte er ihn mir für einige Tage geliehen. In meinen Freistunden lebte ich ganz in der Wonne des Entdeckens, ich hatte bis dahin nichts von Schubert gekannt und war damals ganz von ihm bezaubert. Und nun entdeckte ich, am Tag jenes Holundergangs oder am Tage nachher, Schuberts Frühlingslied ›Die linden Lüfte sind erwacht‹, und die ersten Akkorde der Klavierbegleitung überfielen mich wie ein Wiedererkennen: diese Akkorde dufteten genau so wie der junge Holunder geduftet hatte, so bittersüß, so stark und gepreßt, so voll Vorfrühling! Von jener Stunde an ist für mich die Assoziation Vorfrühling – Holunderduft – Schubertakkord eine feststehende und absolut gültige, mit dem Anschlagen des Akkords rieche ich sofort und unbedingt den herben Pflanzengeruch wieder, und beides zusammen heißt: Vorfrühling. Ich besitze an dieser privaten Assoziation etwas sehr Schönes, etwas, das ich für nichts hergeben möchte. Aber die Assoziation, das jedesmalige Aufzucken zweier sinnlicher Erlebnisse beim Gedanken ›Vorfrühling‹, ist meine Privatsache. Sie läßt sich mitteilen, gewiß, so wie ich sie euch hier erzählt habe.

Aber sie läßt sich nicht übertragen. Ich kann euch meine Assoziation verständlich machen, aber ich kann nicht machen, daß auch nur bei einem einzigen von euch meine private Assoziation gleichfalls zu einem gültigen Zeichen, zu einem Mechanismus wird, der auf Anruf unfehlbar reagiert und stets genau gleich abläuft.

Hermann Hesse

VI
Überlieferungen aufnehmen

Überlieferungen, die die Jahrtausende überstanden haben, sind bedeutungsvolle Menschheitserinnerungen, die häufig in der Form von Geschichten und im Gewand der mythologischen Sprache auf uns gekommen sind. Sie enthalten Erfahrungen, die Menschen, seit es Menschen gibt, gemacht haben und die uns heute noch ansprechen, weil sie von Dingen reden, die uns selbst im Innersten betreffen. Wie die Menschen vor uns auch, stehen wir fragend, erstaunt und nicht selten fassungslos vor der nicht auslotbaren Tiefe der Welt und vor den Möglichkeiten und Abgründen des Menschlichen. Doch zugleich bieten solche Überlieferungen Deutungsmuster und Orientierungshilfen an, die die Jahrhunderte überdauert haben, indem sie unabhängig von Zeitgeist und gewandeltem äußerem Leben Wesentliches zu sagen hatten. Es ist zwar nie auszuschließen, daß Überlieferungen, wie andere Erfahrungen auch, falsch, also nicht situationsgerecht gedeutet werden. Um so erstaunlicher ist es, daß gerade uralte Texte, liest man sie auf dem Hintergrund gegenwärtiger Erscheinungen und Ereignisse, wie von selbst zu sprechen beginnen. Ein kurzer Streifzug durch die Bibel kann dies veranschaulichen.

Schon auf den ersten Seiten dieses Buches treffen wir auf Menschen, deren Handlungsweise geradewegs in den Untergang führt. Wir sehen Noahs Gesicht gezeichnet vom Blick in die Tiefe der alles verschlingenden Flut. Gleichwohl ist ihm die Erleichterung anzumerken, die Gottes Versprechen ausgelöst hat, die Erde nie mehr unbewohnbar zu machen. Ahnt Noah schon, daß er der Urvater einer Menschheit sein wird, die an die Stelle Gottes tretend damit beginnt, selbst ihre Lebensgrundlagen zu zerstören (1)? Ein paar Zeilen weiter begegnen wir seinen ersten Nachkommen, deren Verhalten gerade heute

zu denken gibt: Wir sehen sie an einem atemberaubend riesigen Bauprojekt arbeiten und in der Folge davon an ihrer Wachstumsideologie, ihrem Größenwahn und an ihrem aggressiven Konkurrenzdenken scheitern (2). Später stoßen wir bei Abraham auf einen Mann, dessen blinder Gehorsam verzweifelt an all jene erinnert, die gestern und heute ihre menschenverachtenden Taten mit einem Befehlsnotstand zu entschuldigen suchen (3). Nicht weniger aktuell erscheint das Tun und Trachten der ersten Könige Israels, Saul und David. Sie beherrschen bereits die ganze Palette von Denk- und Handlungsmustern, die modernen Menschen im Dunstkreis der Macht – und nicht nur ihnen – eigen ist (4, 5).
Der zweite Teil der Bibel enthält Überlieferungen von jüngerer, doch ganz ähnlicher Webart. Sie handeln bekanntlich von einem Mann, der etwas über die Beziehung Gottes zu den Menschen und über die Bestimmung des Menschen in dieser Welt zu sagen weiß. Er wird so lange in Ruhe gelassen, wie sein Reden und Handeln die Eigeninteressen von Einzelnen oder von ganzen Gruppen nicht berührt. Der Bäcker, der durch die Art und Weise, wie Jesus vielen Hungernden hilft, seine Existenz bedroht sieht, steht für viele (6, 7).

R. P.

1

Fortsetzung mit Noah

Als Noah aus dem Kasten stieg, da erblickte er um sich herum ein Fleckchen Erde, voller Schlamm und unbewohnbar. Da baute er einen Altar, brachte Gott Dankopfer dar und hörte eine Stimme, die da sprach: Ich will das nicht noch einmal tun. Ich will die Erde nicht noch einmal unbewohnbar machen. Ich verspreche es dir und gebe dir sogar ein Zeichen. Jedes Mal, wenn du den Re-

genbogen siehst, dann erinnere dich daran. Ich will es nicht mehr tun. Saat und Ernte, Sommer und Winter, Frost und Hitze, Tag und Nacht sollen sich abwechseln. Da wurde er froh und dachte: Ich will dieses Stück Erde wieder bewohnbar machen. Es soll schön werden.
Da ging Noah über das Fleckchen Erde und dachte nach. Und eines Tages sagte er: Ich will mir eine Hütte bauen. Und zu den Blumen sprach er: Tut mir leid, aber einige von euch muß ich ausreißen, denn ich brauche Platz für meine Hütte. Da ging Noah hin und riß einige Blumen aus und baute. Und er freute sich darüber, daß er so schön wohnen konnte. Aber es dauerte nicht lange, da dachte er weiter nach. Und er sagte zu sich selbst: Ich will mir ein größeres Haus bauen und dazu eine Werkstatt; denn ich will mir Werkzeuge und Maschinen schaffen. Und zu den Blumen sagte er: Tut mir leid, daß ich noch einige von euch beseitigen muß. Aber ihr werdet verstehen, daß ich weiter schaffe! Und so kam es. Noah riß nicht nur seine alte Hütte ab, er legte noch viele Blumen nieder und baute ein größeres Haus. Er konnte zufrieden sein.
Aber es blieb nicht dabei: denn Noah war rastlos. Er mußte immer neue Dinge erfinden, größere Maschinen und immer größere Fabriken. Er erdachte das Auto und auch das Fernsehgerät. Er rackerte und arbeitete, so daß sehr viel Unrat von seinen Werkbänken abfiel. Da sagte Noah zu sich: Ich brauche noch mehr Platz: denn ich muß einen großen Mülleimer vor meine Fabriken stellen. Leider muß ich da noch einige Blumen vernichten. Und so kam es. Er legte noch etliche Blumen nieder und schaffte Platz für den Mülleimer. Und Noah gab dem Mülleimer die vielen abgeschnittenen Blumen und seinen Abfall zu fressen. Und der Eimer wuchs und wuchs.
Eines Morgens erwachte Noah und blickte zum Fenster hinaus. Da stand der Mülleimer groß und dick und nahm ihm alle Aussicht. Er sagte das auch zu ihm: Du störst mich. Aber der Mülleimer lachte und sprach zu ihm:

Weißt du denn nicht, daß ich jetzt der Herr bin? Das gefiel dem Noah gar nicht. Er sagte es ihm. Aber der Mülleimer lachte wieder und sagte: Weißt du denn nicht, daß du mich brauchst? Du mußt mir schon den größten Platz einräumen! Das gefiel dem Noah noch weniger. Aber der Mülleimer lächelte nur nachsichtig und sagte: Bist du aber dumm! Ohne mich kannst du gar nicht mehr leben. Willst du denn wieder arm werden und von vorne anfangen? Um Himmelswillen, rief da Noah. Siehst du? entgegnete der Mülleimer, du mußt alles, was du in deiner Fabrik gemacht hast, mir möglichst schnell wieder zu fressen geben. Denn wenn du nichts wegwirfst, kannst du nichts neues herstellen. Und wenn du nichts herstellst, hast du nichts zu arbeiten. Und wenn du nicht arbeitest, hast du kein Geld. Und wenn du kein Geld hast, bist du arm. Also lebst du von mir! Wenn du mich nicht fütterst, bist du verloren. Ich sage dir: Du mußt mir auch noch die letzten Blumen zum Fressen geben!
Während dieses Gesprächs merkte Noah, daß die paar Blumen auf dem Fleckchen Erde den Kopf hängen ließen. Sie verwelkten langsam. Da erschrak er und fragte die Blumen: Warum verkümmert ihr so, fehlt euch etwas? Da sagte die eine Blume: Du bist wirklich ein dummer Mensch, siehst du denn nicht, wie die giftige Luft, die unsere Blüten und Blätter atmen, unsere schönen Farben zerfressen? Das kommt von deinen Fabriken. Auch das Wasser, mit dem du uns begießt, ist vergiftet. Wir saugen den Tod aus dem Müll der Erde. Da wurde Noah nachdenklich und sprach zu sich selbst: Was soll ich tun? Ich bin reich. Ich muß wohl meinen Kopf anstrengen und Maschinen bauen, die die Luft wieder sauber und das Wasser wieder rein machen. Das wird mich viel Geld kosten. Aber was nützt das schon? Ich muß es tun. Meine Kinder und ich können sonst nicht mehr auf diesem Fleckchen Erde wohnen.
Während Noah darüber nachdachte, kam eine große Teuerung in das Land. Mit dem Geld, mit dem man früher zwei Brote kaufen konnte, bekam man jetzt nur noch

eins. Da konnte Noah nicht mehr so viel kaufen, der Mülleimer nicht mehr so viel schlucken. Und der Mülleimer hatte recht. Noah wurde ärmer und eine Fabrik nach der anderen mußte weniger arbeiten. Denn man konnte nicht mehr so viel kaufen, weil man nicht mehr so viel Geld hatte. Da erschrak Noah noch mehr. Und er sagte: Was soll ich nun machen? Ich habe nicht mehr soviel Geld. Gebe ich nun das Geld für die Blumen aus, dann kann ich für meine Fabrik nichts mehr tun und dann werde ich gänzlich arm. Verwende ich aber das Geld für die Fabriken, werden meine Blumen ganz vergiftet. Und mit ihnen die Luft, das Wasser und die Erde. Ob ich dann noch darauf leben kann, auf dem Flecken Erde? Gott hat bisher sein Versprechen gehalten, er hat die Erde nicht mehr angerührt. Diesmal bin ich es! Und dafür gibt es keine rettende Arche.

Georg Kugler

2
Das Stadtwappen

Anfangs war beim babylonischen Turmbau alles in leidlicher Ordnung; ja, die Ordnung war vielleicht zu groß, man dachte zu sehr an Wegweiser, Dolmetscher, Arbeiterunterkünfte und Verbindungswege, so als habe man Jahrhunderte freier Arbeitsmöglichkeit vor sich. Die damals herrschende Meinung ging sogar dahin, man könne gar nicht langsam genug bauen; man mußte diese Meinung gar nicht sehr übertreiben und konnte überhaupt davor zurückschrecken, die Fundamente zu legen. Man argumentierte nämlich so: Das Wesentliche des ganzen Unternehmens ist der Gedanke, einen bis in den Himmel reichenden Turm zu bauen. Neben diesem Gedanken ist alles andere nebensächlich. Der Gedanke, einmal in seiner Größe gefaßt, kann nicht mehr verschwinden; solange es Menschen gibt, wird auch der starke Wunsch da sein, den Turm zu Ende zu bauen. In dieser Hinsicht aber muß man wegen der Zukunft keine Sorgen haben, im Gegenteil, das Wissen der Menschheit steigert sich, die Baukunst hat Fortschritte gemacht und wird weitere Fortschritte machen, eine Arbeit, zu der wir ein Jahr brauchen, wird in hundert Jahren vielleicht in einem halben Jahr geleistet werden und überdies besser, haltbarer. Warum also schon heute sich an die Grenze der Kräfte abmühen? Das hätte nur dann Sinn, wenn man hoffen könnte, den Turm in der Zeit einer Generation aufzubauen. Das aber war auf keine Weise zu erwarten. Eher ließ sich denken, daß die nächste Generation mit ihrem vervollkommneten Wissen die Arbeit der vorigen Generation schlecht finden und das Gebaute niederreißen werde, um von neuem anzufangen. Solche Gedanken lähmten die Kräfte, und mehr als um den Turmbau kümmerte man sich um den Bau der Arbeiterstadt. Jede Landsmannschaft wollte das schönste Quartier haben, dadurch ergaben sich Streitigkeiten, die sich bis zu blutigen Kämpfen steigerten. Diese Kämpfe hörten nicht mehr auf; den Führern waren sie ein neues Argument dafür, daß der Turm auch mangels der nötigen Konzentration sehr langsam oder lieber erst nach allgemeinem Friedensschluß gebaut werden sollte. Doch verbrachte man die Zeit nicht nur mit Kämpfen, in den Pausen verschönerte man die Stadt, wodurch man allerdings neuen Neid und neue Kämpfe hervorrief. So verging die Zeit der ersten Generation, aber keine der folgenden war anders, nur die Kunstfertigkeit steigerte sich immerfort und damit die Kampfsucht. Dazu kam, daß schon die zweite oder dritte Generation die Sinnlosigkeit des Himmelsturmbaus erkannte, doch war man schon viel zu sehr miteinander verbunden, um die Stadt zu verlassen.

Alles was in dieser Stadt an Sagen und Liedern entstanden ist, ist erfüllt von der Sehnsucht nach einem prophezeiten Tag, an welchem die Stadt von einer Riesenfaust in fünf kurz aufeinanderfolgenden Schlägen zerschmettert werden wird. Deshalb hat auch die Stadt die Faust im Wappen.

Franz Kafka

3

Kein Sinn für Humor

... Und Abraham erwachte in der Mitte der Nacht und sprach zu seinem einzigen Sohn, Isaak: »Ich habe einen Traum gehabt, in dem die Stimme des Herrn sagte, daß ich meinen einzigen Sohn opfern solle, also zieh dir deine Hosen an.« Und Isaak zitterte und sprach: »Und was sagtest du da? Ich meine, als Er die ganze Sache zur Sprache brachte?«

»Nun, was soll ich fragen?« sagte Abraham. »Ich stehe da um zwei Uhr nachts in meinen Unterhosen vor dem Schöpfer des Universums. Sollte ich streiten?«

»Also, hat Er gesagt, warum Er mich geopfert haben will?« fragte Isaak seinen Vater.

Aber Abraham sagte: »Die Gläubigen fragen nicht. Laß uns jetzt gehen, denn morgen habe ich einen schweren Tag.«

Und Sarah, die von Abrahams Absicht hörte, wurde ärgerlich und sprach: »Weißt du denn, daß es der Herr war und nicht, sagen wir, dein Freund, der derbe Scherze liebt, denn der Herr haßt derbe Scherze, und wer immer auch jemanden durch den Kakao zieht, soll in die Hände seiner Feinde geliefert werden, ob sie die Zustellung bezahlen können oder nicht.«

Und Abraham antwortete: »Weil ich weiß, es war der Herr. Es war eine tiefe, klangvolle, melodische Stimme, und niemand in der ganzen Wüste kann sie so zum Dröhnen bringen.«

Und Sarah sprach: »Und du bist willens, diese sinnlose Tat auszuführen?« Aber Abraham sagte zu ihr: »Offen gesagt, ja; denn das Wort des Herrn in Frage zu stellen, ist das Schlimmste, was jemand tun kann, besonders bei der gegenwärtigen wirtschaftlichen Lage.«

Und also brachte er Isaak an einen gewissen Ort und bereitete sich vor, ihn zu opfern. Aber im letzten Augenblick hielt der Herr Abrahams Hand auf und sprach: »Wie konntest du solches tun?«
Und Abraham sprach: »Aber du hast doch gesagt…«
»Kümmer dich nicht darum, was ich gesagt habe«, sprach der Herr. »Hörst du auf jede verrückte Idee, die dir über den Weg läuft?« Und Abraham schämte sich: »Äh – nicht richtig… nein.«
»Ich mache aus Spaß den Vorschlag, daß du Isaak opferst, und du rennst sofort los und tust es.«
Und Abraham fiel auf seine Knie: »Sieh doch, ich weiß nie, wann du Spaß machst.«
Und der Herr donnerte: »Kein Sinn für Humor. Ich kann's nicht glauben.«
»Aber beweist das nicht, daß ich dich liebe, wenn ich willens war, meinen einzigen Sohn deiner Laune zum Geschenk zu machen?«
Und der Herr sprach: »Das beweist, daß einige Menschen jedem Befehl folgen, ganz egal, wie kreuzdämlich er ist, solange er von einer wohlklingenden Stimme kommt.«
Und dann bat der Herr Abraham, sich etwas auszuruhen und ihn morgen wieder anzurufen.

Woody Allen

4

Saul und David

Zimmer im Palast von Judäa. Mürrisch sitzt Saul auf dem Thron. Wenn ich »mürrisch« sage, so klingt das, als wenn ich zu kleinlich von dem Manne redete. Ein Fürst und mürrisch? Es ist unangenehm für Könige, ärgerlich und grämlich sein zu müssen. Zu wissen, daß man unumschränkte Gewalt hat und dabei verdrießlich und aufgebracht ist, kann unmöglich anders als schlimm sein.
Düster schaut er aus, als sei er schwermütig. Das ist schlimm. Was quält ihn? Was ist es, das ihn so finster blicken macht? Warum trauert er? Will ihm das Leben nicht mehr schmecken? Steht er sich selbst vielleicht im Weg? Leidet er unter dem Machtgefühl? Er befiehlt nach Belieben, und alles gehorcht ihm. Man sollte meinen, daß er zufrieden sein könnte.
Weshalb ist ein solcher Mann unzufrieden? Ist er etwa des Thrones überdrüssig? Hat er das Herrschen satt? Ist er müde? Was für wunderliche Fragen!
Krank ist er. Wie von köstlicher Speise ist er übersättigt. Er mag nicht leben und doch auch nicht sterben. Ist er unglücklich, weil er alt ist? Hm! Wird doch wohl nicht etwa so sein.
Was beliebt ihm nun? Was könnte ihm wohltun? Schweigend, grübelnd sitzt er da. Schrecklich ist seine Stirne gerunzelt. Niemand tut ihm etwas zu leid, und dennoch beleidigen ihn alle. Furchtsam schauen sie ihn an, als erwarteten sie etwas Ungeheueres von seiner Seite. Zerreißen möchte er sie, weil er weiß, daß sie sich vor ihm fürchten. Es ist niemand gern gefürchtet, denn Furcht streift an Haß, und ein König will von seinen Untertanen geliebt sein wie ein Vater von seinen Kindern. Doch Saul ist nicht beliebt. Wie kann man lieben, was finster blickt und die Lippen wie in verhaltenem Grimm zerbeißt?
Daß man ihm David rufe, sagt er zu den Herren, die ihn

umgeben. Wenn David käme, so würde er sich womöglich besser fühlen.
Bald, und so tritt der jugendschöne David mit der Harfe in der Hand herein, und da er weiß, daß er musizieren soll, so greift er alsbald ins Instrument und beginnt zu spielen. Er spielt wie ein Künstler, der sich im Spiel völlig vergißt. Nichtsdestoweniger lauert er mit klugen Augen sorgfältig auf die geringste Bewegung, denn er spürt, daß er in Gefahr ist.
David ist kein Kind mehr. Schwierige Verhältnisse haben ihn früh zum weitblickenden und kühnen Menschen erzogen. Er ist tapfer, doch dabei schlau; schön, doch zugleich gewandt; vorsichtig, doch ebenso unerschrocken. Mit einem Lächeln im mutigen Gesicht schaut er dem aufgebrachten Mann in die Augen, als wenn er ihm sagen wolle, immer hübsch sachte! In ihm ist hohe Sinnesart. Er besitzt Kraft sowohl wie Anmut.
Die unheimliche Art, wie beide Männer einander entgegengestellt sind und sich mit den Augen durchbohren, ist von Rembrandt herrlich dargestellt worden.
Wir haben einerseits einen mit krampfhaft geballter Hand umkrallten Speer und andrerseits eine Harfe. Auf der einen Seite ist ein böser, auf der andern ein annehmbarer Zustand. Dort Aufruhr; hier Besonnenheit. Jenes gewaltsam, dieses friedfertig und sanftmütig.
Davids Harfenspiel scheint zu sprechen: »Sei nicht traurig. Quäle Dich nicht nutzlos. Sei sanft und nicht zornig. Blicke nicht so wild, denn es steht kein Feind vor Dir. Die Welt ist gut. Irgendeinen Kummer haben wir alle. Diesem fehlt dieses, jenem jenes. Wir brauchen deswegen nicht zu zürnen. Weine lieber, statt zu grollen; das ist für Dich und alle anderen schöner.
Sollte nicht der Herrscher mit dem schönsten Beispiel vorangehen und der sanfteste, duldsamste Mensch im Volke sein? Sollte er nicht der beste Mensch unter allen Menschen sein und das größte Herz besitzen?
Gram ist unschön, und Zorn ist zu wenig groß. Wenn Dich etwas plagt, so türme es nicht zum Turm, zum un-

ersteiglichen Block auf. Alle sind geplagt; nur tun die, die es mit Welt und Menschen gut meinen, so, als merkten sie nicht viel davon. Du aber sinkst völlig in eine einzige unerträgliche Empfindung, bäumst Dich dagegen auf, kannst Dich nicht wehren. Auch die Mächtigen dürfen nicht vergessen, daß sie machtlos sind, weil sie Menschen sind. Tausendmal schöner als leben ist: für andere leben, oder sehen, wie andere leben.
Meinst Du, daß ich mich vor Dir fürchte? Ich fürchte mich vor nichts als vor dem Unheil, das in mir selbst ist. Diese Töne sagen Dir die Wahrheit. Doch Du hast ja gewollt, daß ich hierher trete und spiele. Die Kunst ist gut, und die Wahrheit tönt süß, nur muß man sie nicht hassen, sondern willkommen heißen. Man muß nicht die edlen Regungen und die weichen Stimmen töten wollen und den Haß leben lassen. Damit tötet man sich selbst, rottet das eigene Leben aus. Man muß Geduld haben, denn auf ihr ruht alles. Wer sich mit sich selbst aussöhnt, verbündet sich mit allen andern, und dann gibt es keinen Gegner mehr. Wenn alle sich mit sich selbst verständigt haben, so hat niemand mehr einen Gegner. Dann ist alles versöhnt und der Friede ist gesichert. Es gibt nur einen einzigen Feind; der ist überall und nirgends, es sieht ihn niemand, er ist nicht fühlbar und daher auch nicht angreifbar. Doch wird ihn jeder bekämpfen und besiegen lernen, der die Pflicht fühlt, mit sich selbst zu kämpfen. Außer uns gibt es nichts Feindliches für uns, es wäre denn, daß wir unwillig sind, weil uns die Natur Grenzen gezogen hat…«
Weiter spielt David nicht. Der Speer saust dich an ihm vorbei. Der König ist wahnsinnig. David lacht und ruft: »Das hätte mich durchbohren können. Ich danke für die gute Absicht, bin aber froh, daß ich noch lebendig bin. Kopf und Herz und der unverstümmelte Körper! Damit will ich es wagen, und kein schwächliches Gefühl soll mich je im Leben hemmen.«

Robert Walser

5
Das Bild Davids

»Nicht sollen über mich sich freuen
die unverdient mir feindlich sind.«
David, 35. Psalm 19. Vers

Das war, was der Maler hörte:
Den Auftrag König Sauls, ein Bild des David beim Überschreiten der Grenze Israels nach Philistäa zu malen.
Das war, was er wußte:
David, achter Sohn des Isai, ist geduldeter Gast der Philister. Einst erklang seine Zither zur Erbauung, Belustigung und Wohlgefallen des Herrschers im königlichen Palast. Kampfbeschreibungen verzeichneten seinen Mut beim Sieg über Goliath und andere aus dem feindlichen Philistäa. Legenden und Lieder waren umgegangen unter den Händlern und Bauern Israels. Auf den Straßen Betlehems und an den Brunnen sangen sie Davids Zeilen: »Die Frevler sollen betteln gehn, der Menschenkinder niedrigste erhöhet werden.« Einige Zeit duldete Saul, wovor er sich fürchtete, hatte David doch geholfen, die Philister zu vertreiben. Bald aber sah er seine Macht durch Verse in Gefahr und erklärte den Dichter für vogelfrei. Er ließ ihn bis an die Grenze des Landes treiben, auf schmalem Pfad, der aus der Heimat in das Reich des Philisterkönigs Achisch führte. Die Zither des Sängers verstummte, seine Verse sollten vergessen sein.
Das war, was der Maler tat:
Der Maler ging den Weg bis zur Grenze, den David gegangen war, baute die Staffelei auf, arbeitete sechs Tage und Nächte und trat am folgenden Sabbat vor den Herrscher mit dem Bild. Saul betrachtete das Bild und lobte den Maler. Tausendmal ließ er das Werk von seinen Dienern kopieren und verteilen im Land der Juden, um so Beweis zu bringen für den Verrat des einstigen Helden. In allen Orten sammelte sich das Volk vor den Zeichnun-

gen. Viele schwiegen enttäuscht. In einem Dorf nahe Betlehem standen die Leute zur Mittagszeit um den Ölbaum, an dem eines der Blätter befestigt war. Zu ihnen trat der Prophet Gad. »Shalom«, grüßte er. Niemand erwiderte seinen Gruß. »Warum antwortet ihr nicht? Habt ihr vergessen, wer ich bin?«
»Wir haben es nicht vergessen«, entgegnete Abraham, der Schuster, »du bist Gad, der Prophet, und du warst ein Freund Davids.«
»... und ich bin es immer noch«, sagte Gad.
»Weißt du, daß er zu Achisch ging?« fragte der Schuster.
»Ich weiß es.« Das Lächeln verschwand aus den Augen des Weisen. Er schritt auf den Baum zu. Gad sah die Zeichnung. Die Leute um den Schuster wandten sich noch einmal dem Ölbaum zu. Als die Sonne im Zenit stand und kein Schatten mehr das Bild verdunkelte, wurde erkennbar, was keiner zuvor bemerkt hatte:
Eine dünne, kaum wahrnehmbare Linie inmitten des Bildes. Der Prophet trat wieder zu den anderen. »Glaube mir«, sprach er zu Abraham, und das Lächeln kehrte in seine Augen zurück, »sehen kannst du auch in der Dunkelheit, doch glauben solltest du deinen Augen nur im Licht.« Und im Gehen grüßte Gad noch einmal: »Shalom.« Leise antworteten die Leute: »Friede sei mit dir.«
Das war, was sie gesehen hatten:
In dunklen Tönen die Landschaft: Steine, Bäume und Boden. Im Vordergrund David, dem Betrachter seinen Rükken zuwendend, in der Tasche des Kaftans die linke, zur Erde auf jene Linie zeigend die rechte Hand, ein Fuß diesseits, den anderen jenseits der Grenze.
Darunter der Titel: David im Land unserer Feinde.

Thomas Brasch

6
Von den fünf Broten

... Was ich gegen ihn habe? Das will ich Ihnen sagen, Nachbar: gegen seine Lehre hätte ich nichts. Ganz und gar nichts. Einmal hörte ich ihn predigen, und ich sage Ihnen, auch ich wär fast sein Jünger geworden. Dann ging ich nach Hause und sagte zu meinem Vetter, dem Sattler, du, das solltest du mal hören, sage ich dir, das ist ein Prophet! Reden kann er, alles, was recht ist, 's geht einem ordentlich zu Herzen; mir standen die Augen voller Tränen, am liebsten hätte ich meinen Laden zugemacht und wär ihm gefolgt, um ihn niemals mehr aus den Augen zu verlieren. Verschenk alles, was du hast, sagte er, und folge mir. Liebe deinen Nächsten, steh den Armen bei und vergib denen, die dir Unrecht tun, und lauter solche Sachen. Ich bin ein einfacher Bäcker, aber als ich ihm zuhörte, da regten sich eine seltsame Freude und zugleich ein Schmerz in mir, ich weiß nicht, wie ich das sagen soll: eine Last war's, ich hätte auf die Erde sinken und weinen mögen, und dabei war mir so frei und leicht zumute, als würde alles von mir abfallen, wissen Sie, alle Sorge und aller Zorn. Ich sag also zu meinem Vetter, du Schafskopf, sag ich, schämen solltest du dich; führst nur habgierige Reden, was dir einer schuldig ist und was für Zehnte und Steuern und Zinsen du zahlen mußt; solltest lieber alles, was du hast, unter die Armen verteilen, Weib und Kind verlassen und ihm folgen...
Und daß er Kranke und Besessene heilt, das würde ich ihm auch nicht übelnehmen. Zwar ist es eine seltsame und unnatürliche Fähigkeit; aber unsere Wundärzte sind Pfuscher, und die römischen sind um keinen Deut besser, das sieht doch jeder; Geld nehmen, das können sie, aber wenn man sie zu einem Sterbenskranken ruft, zukken sie nur die Achseln und sagen, man hätte sie früher rufen sollen. Früher! Meine Frau selig hat zwei Jahre an Blutfluß gelitten; von einem Doktor zum andern hab ich

sie geschleppt, Sie haben ja keine Ahnung, was das für 'n Geld gekostet hat, und geholfen hat ihr keiner. Wäre er damals schon durch die Städte gezogen, ich wär vor ihm auf die Knie gefallen und hätte gesagt: Herr, heile dieses Weib! Und sie hätte sein Gewand berührt und wär gesund geworden. So aber hat sie was durchgemacht, das kann man gar nicht beschreiben.

Daß er Kranke heilt, das lob ich mir. Versteht sich, die Feldschere wettern dagegen, Betrug und Pfuscherei sei das, und sie möchten's ihm verbieten und weiß der Teufel was alles; da haben Sie mal wieder diese Interessengegensätze. Wer den Menschen helfen und die Welt erlösen will, kommt immer jemandem ins Gehege; allen kann man es nicht recht machen, das geht nun mal nicht. Heilen, sag ich, mag er – meinetwegen soll er auch Tote auferwecken; aber das mit den fünf Broten, das hätte er nicht tun sollen. Als Bäcker sage ich Ihnen, das war ein großes Unrecht an den Bäckern.

Sie haben noch nichts von der Sache mit den fünf Broten gehört? Da staun ich aber; die Bäcker sind geradezu außer sich über diesen Fall. Da soll ihm ein Haufen Menschen in die Wüste gefolgt sein, und er hat ihre Kranken geheilt. Und als der Tag anfing, sich zu neigen, traten seine Jünger zu ihm und sprachen: »Es ist wüste hie, und der Tag ist nun dahin. Laß das Volk von dir, daß sie hin in die Märkte gehen und sich Speise kaufen.« Er aber sprach zu ihnen: »Es ist nicht not, daß sie hingehen, gebt ihr ihnen zu essen.« Sie sprachen: »Wir haben hie nichts denn fünf Brote und zween Fische.« Und er sprach: »Bringt mir sie her.« Und er hieß das Volk sich lagern auf das Gras und nahm die fünf Brote und die zween Fische, sah auf gen Himmel und dankte und brach's und gab die Brote den Jüngern, und die Jünger gaben sie dem Volk. Und sie aßen alle und wurden satt und huben auf, was übrigblieb von den Broten, zwölf Körbe voll. Die aber gegessen hatten, der waren bei fünftausend Mann, ohne Weiber und Kinder.

Das müssen Sie einsehen, Nachbar, das läßt sich kein

Bäcker gefallen, wie käme er dazu, nicht wahr? Wenn es Sitte würde, daß einer mit fünf Broten und zwei Fischen fünftausend Menschen speist, dann können die Bäcker einpacken, hab ich nicht recht? Was die Fische angeht, die soll der Kuckuck holen; die wachsen von allein im Wasser, die kann fischen, wer lustig ist. Aber der Bäcker muß Mehl und Holz teuer kaufen, einen Gesellen anstellen und ihm Lohn geben, er muß sich einen Laden halten, Steuer zahlen und weiß der Himmel was alles, schließlich ist er froh, wenn ihm ein paar Groschen zum Leben bleiben und er nicht betteln gehen muß. Und dieser da sieht auf gen Himmel und hat genug Brot für fünf- oder weiß der Teufel wieviel tausend Menschen; für das Mehl keinen Heller, kein Holz von Gott weiß woher anfahren lassen, keine Ausgaben, keine Arbeit – Kunststück, den Leuten dann umsonst Brot vorzusetzen, oder etwa nicht? Aber daß er die anderen Bäcker um den ehrlich verdienten Lohn bringt, darum schert er sich den Teufel! Ich sage Ihnen, unlauterer Wettbewerb ist das, das Handwerk sollte man ihm legen. Soll er Steuer zahlen wie wir, wenn er seine Bäckerei betreiben will! Die Leute kommen schon gelaufen und empören sich, was für ein Heidengeld wir für diese jämmerlichen Laibe fordern. Umsonst sollen wir's geben, wie er. Und ein Brot soll das gewesen sein: weiß, knusprig und duftend, zum Reinhauen. – Mit den Preisen für Backwaren mußten wir schon heruntergehen; bei meiner Seele, wir geben sie unter dem Herstellungspreis ab, nur damit wir nicht die Läden schließen müssen; aber wo führt das hin, wir Bäkker wissen nicht ein noch aus. Ein andermal soll er viertausend Mann nebst Weibern und Kindern mit sieben Broten und einigen Fischen gespeist haben, aber da haben sie nur vier Körbe voll Brocken aufgesammelt; so gut geht sein Geschäft wohl doch nicht mehr; aber uns Bäckern macht er den Garaus. Und ich sage Ihnen, er tut das nur aus Feindschaft gegen uns Bäcker. Die Fischhändler schreien zwar auch, das versteht sich, aber die wollen für ihre Fische immer sonstwas herausschlagen;

das ist längst nicht so eine ehrbare Zunft wie die unsrige.
Schauen Sie, Nachbar: Ich bin ein alter Mann und steh allein auf der Welt; ich hab weder Frau noch Kind, was brauch ich schon! Ich hab meinem Gesellen neulich gesagt, er soll meine Bäckerei übernehmen. Mir geht's nicht um meinen Vorteil, bei meiner Seele, am liebsten würde ich meine Siebensachen verteilen, ihm folgen, der Nächstenliebe pflegen und tun, was er da predigt. Aber wenn ich sehe, wie er sich gegen uns Bäcker stellt, also das geht zu weit! Als Bäcker sehe ich, das ist keine Erlösung der Welt, sondern der sichere Untergang unserer Zunft. Tut mir leid, aber das kann ich ihm nicht verzeihen. Das nicht.
Versteht sich, wir haben ihn bei Ananias und beim Statthalter wegen Verletzung der Zunftordnung und Aufrührerei verklagt. Aber Sie wissen ja, bei den Ämtern wird alles auf die lange Bank geschoben. Sie kennen mich, Nachbar; ich bin ein friedfertiger Mann, ich suche mit niemandem Händel; aber wenn er nach Jerusalem kommt, stelle ich mich auf die Straße und rufe: Kreuziget ihn! Kreuziget ihn!

Karel Čapek

7

Ja, früher…

Lukas 9,62

Wir haben wohl alle unsere Erinnerungen, von denen wir zehren. Aber wir sollten da etwas vorsichtig sein…

Jesus hatte den Weg nach Jerusalem eingeschlagen, um dort den Tod am Kreuz zu erleiden. Da hörte er, wie die Jünger sich unterhielten, bedrückt über die wachsende Feindschaft, die sie bei vielen Menschen spürten. »Wißt

ihr«, meinte Philippus zu einigen Jüngern, die erst seit einigen Tagen mit ihnen zogen, »früher war das anders: Da waren Tausende auf den Beinen, um Jesus zu hören. Das hättet ihr erleben müssen! Eine Begeisterung war das, wenn er die Kranken heilte und flammende Reden hielt. Das kann man nicht beschreiben. Alle liefen ihm nach und jeder konnte es spüren: Das ist der Mann, der unser Volk befreit und die Römer aus dem Lande jagt! Der wird die Verhältnisse ändern! Was ihr heute seht, das ist gar nichts gegen damals! Wer da nicht dabei war und das selber miterlebt hat, so wie wir, diese Begeisterung der Massen, der kann nicht mitreden!«
Da sah Jesus ihn ernst an und sagte zu ihm: »Wer die Hand an den Pflug legt und schaut zurück in die gute alte Zeit und schwelgt in den Erinnerungen an die großen Tage und trauert dem nach, was war und nicht mehr ist, statt auszuschauen nach dem, was kommt, und um das Größere zu erwarten, was einmal sein wird – der taugt nicht für das hereinbrechende Reich Gottes!«

Lothar Zenetti

Die Herausgeber der HEILSAMEN REISE

haben für Sie im Chr. Kaiser Verlag gesammelt:

GESCHICHTEN ZUM NACHDENKEN

Ein Lesebuch für Schule, Gruppe und Familie
6. Auflage 1987. 272 Seiten, 17 Impuls-Fotos, kartoniert DM 28.–
(In Gemeinschaft mit dem Matthias-Grünewald-Verlag Mainz) ISBN 3-459-01096-7

Diese Geschichten zum Nachdenken aus der modernen Literatur spiegeln das Leben mit seinen Chancen, Abenteuern und Konflikten. Man wird sich dazu seine eigenen Gedanken machen und gerne mit anderen darüber sprechen – im Unterricht, in der Gruppe oder in der Familie. Ein Lesebuch, das auch Spaß macht.

Lehrerhandbuch
5. Auflage 1985. 184 Seiten, kartoniert DM 22.–
(In Gemeinschaft mit dem Matthias-Grünewald-Verlag Mainz) ISBN 3-459-01097-5

GESCHICHTEN ZUM WEITERDENKEN

Ein Lesebuch für Schule, Gruppe und Familie
3. Auflage 1985. 352 Seiten, 18 Impuls-Fotos, kartoniert DM 32.–
(In Gemeinschaft mit dem Matthias-Grünewald-Verlag Mainz) ISBN 3-459-01194-7

Die Geschichten dieses Buches erzählen von Menschen, die unterwegs sind. Unterwegs auf Wegen verschiedener Herkunft, unterwegs auf bequemen und auf steinigen Wegen, unterwegs auf Wegen in die Gefahr und auf Wegen der Sehnsucht.

Begleitbuch
3. Auflage 1987. 192 Seiten, kartoniert DM 28.–
(In Gemeinschaft mit dem Matthias-Grünewald-Verlag Mainz) ISBN 3-459-01195-5

DIE BLUMEN DES BLINDEN

Kurze Geschichten zum Nachdenken
1983, 224 Seiten, gebunden DM 24.–. ISBN 3-459-01476-8

Diese Sammlung von kurzen literarischen Texten, von Parabeln, Fabeln, Anekdoten und Zeitungsmeldungen, sollte nicht von vornherein als Arbeitsmaterial angesehen werden, sondern zunächst als ein kleines »Buch der Weisheit« ihre Leser finden, die der didaktischen oder meditativen Substanz nachgehen mögen.

Begleitbuch
1983, 188 Seiten, gebunden DM 26.–. ISBN 3-459-01477-6

Preisstand: März 1989

VII
Neu werten

Gewöhnlich ordnet die dominante Gruppe innerhalb einer Gesellschaft ihre eigenen Eigenschaften und Fähigkeiten höher ein als andere und legt damit die Rangfolge ihrer Bewertung fest (1, 2). So aber schafft sie Wirklichkeit, denn nicht Tatsachen, sondern Meinungen über Tatsachen bestimmen das Zusammenleben der Menschen und weitgehend auch ihr Geschick (3).
In unserer patriarchalisch bestimmten Gesellschaft hat die Ratio, der Glaube an die Wissenschaft, den unumschränkt höchsten Rang. Viel zu zögerlich erkennen wir, daß diese einseitig ausgerichtete Gewichtung der Wertvorstellungen in die existentielle Sackgasse, wenn nicht zur Zerstörung unserer Lebensgrundlage und damit unser selbst führt (4).
Als Folge der Überbewertung des Verstandes hat der Mensch geglaubt, Intuition und Signale der Natur außer acht lassen zu können, und so ist er meist gar nicht mehr fähig, sie wahrzunehmen. Dabei kennen vielleicht gerade sie den einzig möglichen Weg aus dem tödlichen Labyrinth, dem zu entrinnen ihn weder die Schärfe seines Intellekts noch die Stärke seiner körperlichen Kraft befähigen (5, 6).
Wertinhalte müßten in erster Linie danach befragt werden, ob sie Leben erhalten, intensivieren, ja retten oder ob sie es einschränken, gefährden, bedrohen. Letzteres geschieht vor allem dann, wenn die Inhalte überholt sind, wenn sie sich selbständig gemacht und mittlerweile sogar eine gefährliche Eigendynamik entwickelt haben, so daß im Rausch der Machbarkeit Sinn und Ziel bedeutungslos werden (7, 8).
Vielleicht müßte der Begriff Fortschritt neu definiert werden. Er wäre dann nicht mehr an sich identisch mit Wachstum an Wissenschaft, Technik und Wirtschaft (9),

sondern undenkbar ohne Wachstum an Einfühlung, Fürsorge, Opferbereitschaft, ohne das Einbringen von Gefühlen und Phantasie und nicht zuletzt ohne ein gutes Maß an Selbstzweifel – Eigenschaften, die im allgemeinen als weiblich gelten. Vielleicht haben uns hier auch östliche Kulturen etwas zu sagen, die den westlichen Glauben an die Wissenschaft nicht teilen. Sie haben erkannt, daß die Realität Dimensionen hat, die die Rationalität nicht ahnt. So könnten wir uns auf vernachlässigte Traditionen besinnen, denen es nicht um die einzelne »Sache« geht, sondern um die Ganzheit und ihre Wechselbeziehungen (10, 11). Dann würden wir auch wieder eine andere Einstellung zu Gesundheit und Krankheit sowie zum Tod als Teil unseres Lebens gewinnen (12, 13, 14). Kennzeichen eines so gedachten Fortschritts wäre anstelle von Rivalität und wechselseitiger Übervorteilung (15) die Förderung ethischer Verantwortlichkeit wie des Bewußtseins der globalen Zusammengehörigkeit und ein nicht nur verbal verlautbartes gegenseitiges Annehmen und Vertrauen (16).
Eine revidierte Einstufung der Werte könnte eine neue Wirklichkeit entstehen lassen, die sich mit der Vorstellung von einem Heilsplan eher in Zusammenhang bringen ließe als die Wirklichkeit, in der wir heute leben.

L. G.

1

Lambach II

Mein verehrter Führer im fernen, großen Berlin wird dem alten Pater Alois im Benediktinerstift Lambach verzeihen, wenn er noch eine Geschichte von damals erzählt.
Schön sind unsere alten Klostermauern und malerisch, von Efeu und Moos bewachsen. Doch sind sie nicht auch

ein Schlupfwinkel für mancherlei Ungeziefer? Sie sind es, jeder, der hier zu Hause ist, weiß es. Was kriecht nicht doch an Getier, Ratten, Mäusen, Asseln, Käfern, Spinnen und weiß Gott was aus diesen Mauern. Selbst in der Kirche nistet manches, was gar nicht dahin gehört. Wir Patres sind, was die Vertilgung dieser unerwünschten Mitbewohner betrifft, etwas nachlässig, vielleicht durch Gewöhnung ein wenig träge geworden. Wir nehmen es kaum noch wahr, wenn irgendwo eine Ratte hervorlugt, ein kleines Mäuschen über den Paramentenschrank hüpft oder sich eine Spinne von der Decke hängen läßt. Adi aber hat sich damit nicht abgefunden. Er war richtiggehend ein Eiferer gegen diese Unordnung, so daß wir ihn auch scherzhaft unseren »Frater Purificus« nannten. Und was hat er nicht mit kindlicher Hingabe gegen diesen Übelstand alles unternommen! Vielerlei Fallen hat er gespannt, Schlingen ausgelegt, gesprüht und Kohlengas in die Mauerlöcher geblasen. Wer könnte den Reichtum an Erfindungen und die Vielfalt seiner Einfälle und Ideen auf diesem Gebiete beschreiben! Er hat selbst Fallen konstruiert, deren verzweigter Mechanismus einen schon verblüffen mußte, mit kleinen Türen und Strickleitern, die von den Mäusen passiert werden mußten, kleinen Kanälen, die zu durchschwimmen, und Stäbchen, von denen zu hüpfen war, bis die Kreatur schließlich an ihrem Bestimmungsort, einem kleinen Behältnis mit Salzsäure, anlangte. Nie werde ich den Ausdruck von bubenhaftem Stolz in Adis Gesicht vergessen, wenn er zu mir sagte: »Pater Alois, wir haben wieder was erwischt, langsam werden wir etwas sauberer.« Einmal aber sagte er zu mir: »Gelt, Pater Alois, dieses Ungeziefer hat eh nicht der liebe Gott erschaffen.« Da wußte ich aber fast nicht, was schnell antworten, und Adi hat mich auch recht ungläubig angeschaut, als ich davon sprach, daß es sich beim Bösen um eine Zulassung Gottes handle und um eine Heimsuchung. Gerade das Wort »Heimsuchung« habe ich benützt, weil Adi darauf sagte, ich erinnere mich daran, wie wenn es heute wäre: »Pater Alois, aber es ist dem lieben Gott sicher wohlgefällig, wenn wir diesen Heimsuchungen heimleuchten tun!« Da mußten wir uns beide aber schütteln vor Lachen.

Alois Brandstetter

2
Die Verlorene

Eine Witwe klagte Rabbi Jizchak, daß die Kaufleute, denen ihr Mann als Schreiber gedient hatte, einen Lohnbetrag, den sie ihm schuldig geblieben wären, ihr vorenthielten und sie unbarmherzig im Elend ließen. Der Zaddik ließ die Leute holen. Als sie der Frau ansichtig wurden, riefen sie aus einem Mund: »Auf diese Verlorene hört Ihr! Seit drei Jahren ist ihr Mann tot, und vor einem halben hat sie ein Kind der Buhlschaft geboren!« »So arm war sie also«, sprach Rabbi Jizchak, »daß sie sich verlorengeben mußte!«

Martin Buber

3
Glück oder Unglück

Eine orientalische Parabel
berichtet von einem Bauern
und seinem Pferd.
Eines Tages lief das Tier fort
und kam nicht mehr zurück.
Da hatten die Nachbarn Mitleid
mit dem Bauern und sagten:

»Du Ärmster! Dein Pferd ist weggelaufen;
welch ein Unglück!«
Der Landmann antwortete:
»Wer sagt denn, daß dies ein Unglück ist?«
Und tatsächlich kehrte nach einigen
Tagen das Pferd zurück –
und brachte ein Wildpferd mit.
Da sagten die Nachbarn:
»Erst läuft dir das Pferd davon –
und dann bringt es noch ein zweites mit!
Was hast du bloß für ein Glück!«
Der Bauer schüttelte den Kopf:
»Wer weiß, ob das Glück bedeutet?«

Das Wildpferd wurde von seinem
ältesten Sohn eingeritten; dabei
stürzte er und brach sich ein Bein.
Die Nachbarn eilten herbei und sagten:
»Welch ein Unglück!«
Der Landmann gab zur Antwort:
»Wer will wissen, ob das ein Unglück ist?«
Kurz darauf kamen die Soldaten des
Königs ins Dorf und zogen alle jungen
Männer für den Kriegsdienst ein.
Den ältesten Sohn des Bauern
ließen sie zurück – mit seinem
gebrochenen Bein.
Da riefen die Nachbarn: »Was für ein Glück!
Dein Sohn wurde
nicht eingezogen!«
Der Bauer: »Wer sagt denn,
daß dies ein Glück ist?«

Endlos könnte man dieses Märchen
weitererzählen. Was es sagen will:
Glück oder Unglück –
wer weiß da schon zu unterscheiden?
Oft erfahren wir erst im nachhinein,

daß ein vermeintliches Glück
gar keines war
und daß ein augenscheinliches Unglück
am Ende
Glück bedeuten kann!

Adalbert Ludwig Balling

4
Der Geisterwald

Das einzige Dorf, dessen Bewohner beim Animismus geblieben sind, hat auch den einzigen noch intakten Wald. Dieser Wald wird nicht betreten, da hier die Geister hausen.

Jean-Paul Rüttimann

5
Die Hasenpfoten

Zum Tierarzt in unserem Dorf kam Wanja Maljawin vom Urschensker See und brachte, in eine zerschlissene Wattejacke gewickelt, einen kleinen, warmen Hasen mit. Der Hase weinte und zwinkerte schnell hintereinander mit seinen tränengeröteten Augen...

»Nanu, du bist wohl verrückt«, rief der Tierarzt. »Nächstens bringst du mir noch Mäuse angeschleppt, du Lumpenmatz!«

»Schimpfen Sie nur nicht, das ist ein besonderer Hase«, sagte Wanja mit heiserem Geflüster, »den schickt der Großvater, er will ihn gesundmachen lassen.«

»Was fehlt ihm denn?«

»Seine Pfoten sind verbrannt.«

Der Tierarzt drehte Wanja mit dem Gesicht zur Tür, gab ihm einen Schubs in den Rücken und rief ihm nach: »Verdufte, verdufte! Die kann ich nicht heilen. Brat ihn mit Zwiebeln, da hat dein Großvater was zum Frühstück.«
Wanja sagte gar nichts. Er ging in den Flur, blinzelte, schniefte und drückte sich an die Balkenwand. Die Wand entlang liefen Tränen. Der Hase zitterte leicht unter der speckigen Jacke.
»Was hast du, Kleiner«, fragte die mitleidige Großmutter Anissja. Sie führte ihre einzige Ziege zum Tierarzt. »Was habt ihr Lieben, daß ihr alle beide Tränen vergießt? Ist was passiert?«
»Verbrannt ist er, Großvaters Hase«, sagte Wanja leise. »Beim Waldbrand hat er sich die Pfoten verbrannt und kann nicht laufen. Hier, guck nur, er stirbt.«
»Er stirbt nicht, Kleiner«, mümmelte Anissja. »Sag deinem Großvater, wenn er sehr gern den Hasen gesundmachen will, dann möge er ihn so schnell wie möglich in die Stadt zu Karl Petrowitsch bringen.«
Wanja wischte sich die Tränen ab und ging durch die Wälder nach Haus, an den Urschensker See. Er ging nicht, sondern lief den heißen sandigen Weg. Der Waldbrand neulich war dicht am See nach Norden abgewichen. Es roch nach Brand und nach trockenen Weidenröschen. Sie wuchsen als große Inseln auf den Lichtungen.
Der Hase wimmerte.
Wanja fand auf dem Weg ein flaumiges, mit weichen silbernen Haaren bedecktes Blatt, riß es ab, legte es unter eine kleine Föhre und packte den Hasen aus. Der Hase sah das Blatt an, drückte seinen Kopf hinein und lag ganz still.
»Was hast du, Grauli«, fragte Wanja leise. »Friß nur.«
Der Hase schwieg.
»Friß nur«, sagte Wanja noch einmal, und seine Stimme bebte. »Oder vielleicht willst du trinken?«
Der Hase bewegte ein zerrissenes Ohr und machte die Augen zu. Wanja nahm ihn auf den Arm und rannte quer

durch den Wald – man mußte den Hasen schleunigst aus dem See trinken lassen.

Eine unglaubliche Hitze stand in jenem Sommer über den Wäldern. Morgens kamen Züge dichter weißer Wolken angeschwommen. Mittags stiegen die Wolken eilig nach oben, zum Zenit, wurden vor unseren Augen auseinandergetrieben und verschwanden irgendwo hinter den Himmelsrändern. Ein heißer, orkanartiger Wind wehte schon zwei Wochen ohne Aufhören. Das Harz, das an den Föhrenstämmen herunterlief, verwandelte sich in Bernstein.

Am Morgen zog der Großvater saubere Fußlappen und neue Bastschuhe an, nahm den Stecken und ein Stück Brot und trottete in die Stadt. Wanja trug den Hasen hinterher. Der Hase war gänzlich still geworden, nur ab und zu zuckte er mit dem ganzen Körper und seufzte krampfhaft.

Der dörrende Wind hatte über der Stadt eine Wolke aus mehlweichem Staub in die Höhe geblasen. Darin flogen Hühnerflaum, trockenes Laub und Stroh. Von fern sah es aus, als qualme über der Stadt eine lautlose Feuersbrunst.

Auf dem Marktplatz war es sehr still und schwül. Die Droschkenpferde dösten neben der Wasserbude und hatten Strohhüte auf den Köpfen. Der Großvater bekreuzigte sich. »Halb Pferd, halb Frauenzimmer – der Teufel finde sich zurecht«, sagte er und spuckte aus.

Lange fragten sie die Straßenpassanten nach Karl Petrowitsch, aber niemand gab ihnen eine richtige Antwort. Sie gingen in die Apotheke. Ein dicker alter Mann mit Klemmer, der einen kurzen weißen Kittel anhatte, zuckte ärgerlich die Achseln und sagte: »Das gefällt mir! Reichlich sonderbare Frage! Karl Petrowitsch Korsch – Spezialist für Kinderkrankheiten. Seit drei Jahren praktiziert er nicht mehr. Was wollt ihr von ihm?«

Der Großvater, stotternd vor Hochachtung für den Apotheker und aus Schüchternheit, erzählte vom Hasen.

»Das gefällt mir!« sagte der Apotheker. »Interessante Pa-

tienten haben sich in unserer Stadt eingefunden. Das gefällt mir ausgezeichnet!«
Er nahm nervös den Klemmer ab, putzte ihn, zwickte ihn wieder auf die Nase und starrte den Großvater an. Der Großvater schwieg und trat von einem Fuß auf den anderen. Der Apotheker schwieg ebenfalls. Das Schweigen wurde ungemütlich.
»Poststraße! Drei!« rief der Apotheker auf einmal grimmig und schlug ein zerfleddertes Buch zu. »Drei!«
Der Großvater und Wanja hatten sich gerade noch rechtzeitig zur Poststraße hingeschleppt: über der Oka zog ein schweres Gewitter herauf. Träger Donner rollte hinterm Horizont, als recke ein verschlafener Hüne sich in den Schultern und rüttle unwillig die Erde. Ein grauer Schein lief über den Fluß. Lautlose Blitze schlugen verstohlen, aber zielbewußt und kraftvoll in die Wiesen ein. Fern bei Poljany brannte schon ein Heuschober, den sie angezündet hatten. Dicke Regentropfen fielen auf den staubigen Weg, und bald sah er aus wie die Mondoberfläche: jeder Tropfen hinterließ im Staub einen kleinen Krater.
Karl Petrowitsch spielte etwas Schwermütiges und Melodiöses auf dem Flügel, als im Fenster der zerzauste Bart des Großvaters erschien. Eine Minute später war Karl Petrowitsch bereits wütend. »Ich bin kein Tierarzt«, sagte er und schlug den Flügel zu. Im selben Moment donnerte es über den Wiesen. »Ich hab' mein Lebtag Kinder behandelt, aber keine Hasen!«
»Ein Kind oder ein Hase – das ist genau dasselbe«, murmelte der Großvater hartnäckig, »alles eins! Mach ihn gesund, tu mir den Gefallen! Unser Tierarzt ist für solche Sachen nicht zuständig. Der ist Roßarzt. Dieser Hase, kann ich wohl sagen, ist mein Retter. – ich verdanke ihm mein Leben, ich muß ihm Dankbarkeit erweisen, und du sagst, ich soll ihn aufgeben!«
Eine weitere Minute lang hörte sich Karl Petrowitsch – ein alter Mann mit gesträubten Augenbrauen – beunruhigt die gestammelte Erzählung des Großvaters an. Zu guter Letzt willigte er ein, den Hasen zu behandeln. Am

nächsten Morgen ging der Großvater zurück an den See, aber Wanja blieb bei Karl Petrowitsch, um den Hasen zu pflegen.

Einen Tag später wußte die ganze mit Gänsekraut bewachsene Poststraße bereits, daß Karl Petrowitsch einen Hasen behandelte, der sich bei dem furchtbaren Feuer verbrannt und einen alten Mann gerettet hatte. Zwei Tage später wußte bereits die ganze kleine Stadt davon, und am dritten Tag kam zu Karl Petrowitsch ein langaufgeschossener Jüngling mit Filzhut, stellte sich als Mitarbeiter einer Moskauer Zeitung vor und bat um ein Interview über den Hasen.

Der Hase wurde gesund. Wanja wickelte ihn in ein Wattefetzchen und trug ihn nach Haus. Bald war die Geschichte vom Hasen vergessen, und nur ein Moskauer Professor bestürmte den Großvater lange, er solle ihm den Hasen verkaufen. Er schickte ihm sogar Briefe mit Rückporto. Aber der Großvater ergab sich nicht. Nach seinem Diktat schrieb Wanja dem Professor einen Brief:

»Der Hase ist unverkäuflich, eine lebende Seele, mög er in Freiheit leben. Hiermit verbleibe

Larion Maljawin.«

In diesem Herbst nächtigte ich bei Großvater Larion am Urschensker See. Sternbilder schwammen kalt wie Graupelkörner im Wasser. Das trockene Schilf rauschte, die Enten fröstelten im Gestrüpp und quakten die ganze Nacht kläglich. Der Großvater konnte nicht schlafen. Er saß am Ofen und besserte ein zerrissenes Fischnetz aus. Dann steckte er den Samowar an, und da fingen die Fenster auf einmal an zu schwitzen, und die Sterne verwandelten sich aus feurigen Pünktchen in trübe, verschwommene Kugeln. Draußen bellte Mursik. Er sprang in die Dunkelheit, knirschte mit den Zähnen und fuhr zurück – er kämpfte mit der undurchdringlichen Oktobernacht. Der Hase schlief im Flur und klopfte manchmal im Traum laut mit der Hinterpfote an die morsche Scheuerleiste.

Wir tranken den Tee nachts, denn wir warteten auf die

ferne und zögernde Morgendämmerung, und beim Tee erzählte mir der Großvater endlich die Hasengeschichte.
Im August war der Großvater ans Nordufer des Sees auf die Jagd gegangen. Die Wälder waren trocken wie Pulver. Dem Großvater kam ein Häschen mit abgerissenem linken Ohr in die Quere. Er schoß nach ihm aus dem alten, drahtumwickelten Gewehr, traf aber nicht. Der Hase riß aus.
Der Großvater ging weiter. Doch auf einmal wurde er unruhig: von Süden, von Lopuchow her, roch es stark nach Brand. Wind kam auf. Der Rauch wurde dichter, er zog schon in weißen Schwaden durch den Wald und hüllte die Sträucher ein. Das Atmen wurde schwer. Der Großvater sah, daß ein Waldbrand ausgebrochen war und das Feuer gerade auf ihn zukam. Der Wind verwandelte sich in einen Orkan. Das Feuer jagte mit unerhörter Geschwindigkeit über die Erde. Soviel der Großvater sagte, hätte auch ein Zug einem solchen Feuer nicht entrinnen können. Der Großvater hatte recht: während des Sturmes lief das Feuer mit einer Geschwindigkeit von dreißig Stundenkilometern.
Der Großvater rannte über Grasbuckel, stolperte, fiel, der Rauch biß ihm in die Augen, und von hinten hörte er bereits das große Brausen und Prasseln der Flammen. Der Tod hatte den Großvater eingeholt, packte ihn an der Schulter. Und in diesem Augenblick sprang ein Hase unter Großvaters Füßen weg. Er lief langsam und schleppte die Hinterpfoten nach. Erst da merkte der Großvater, daß sie angesengt waren.
Der Großvater freute sich über den Hasen, als habe er seinen besten Freund getroffen. Als alter Waldbewohner wußte er, daß die Tiere viel besser als die Menschen spüren, woher das Feuer kommt, und sich immer retten. Sie kommen nur in jenen seltenen Fällen um, in denen das Feuer sie einkreist. Der Großvater lief hinter dem Hasen her. Er lief, weinte vor Angst und schrie: »Wart, Lieber, renn nicht so schnell!«

Der Hase führte den Großvater aus dem Feuer heraus. Als sie aus dem Wald an den See gelangt waren, fielen beide vor Müdigkeit um. Der Großvater hob den Hasen auf und trug ihn nach Haus. Der Hase hatte sich die Hinterläufe und den Bauch verbrannt. Dann ließ ihn der Großvater gesundmachen und behielt ihn bei sich.
»Ja«, sagte der Großvater und sah den Samowar so wütend an, als sei der an allem schuld. »Ich bin also vor diesem Hasen sehr schuldig geworden, lieber Mann.«
»Wieso bist du schuldig geworden?«
»Aber guck dir doch bloß mal den Hasen an, meinen Retter, dann wirst du's erfahren. Nimm die Laterne.«
Ich nahm die Laterne vom Tisch und ging in den Flur. Der Hase schlief. Ich beugte mich mit der Laterne über ihn und erkannte, daß das linke Ohr des Hasen abgerissen war. Da war mir alles klar.

Konstantin Paustowskij

6

Der hungrige Araber

Ein Araber war verirrt in der Wüste. Zwei Tage hatte er nichts zu essen und war in Gefahr, vor Hunger zu sterben; bis er endlich eine von den Wassergruben antraf, aus denen die Reisenden ihre Kamele tränken, neben welcher er im Sande einen kleinen ledernen Sack liegen sah. »Gott sei gelobt«, sagte er, als er ihn aufhob und anfühlte, »das sind, glaub ich, Datteln oder Nüsse; wie will ich mich an ihnen erquicken und laben!« In dieser süßen Hoffnung öffnete er den Sack; sah, was er enthielt, und rief voll Traurigkeit aus: »Ach, es sind nur Perlen!«

Aus dem Orient

7
Gespräch über persönliche Sicherheit

»Es geht um Ihre persönliche Sicherheit«, sagt der Versicherungsagent zu Peter S. »Sie sind jetzt 40. Sie haben eine Familie. Eine gute Lebensversicherung wäre in Ihrem Interesse. Nicht nur für den Fall, daß Ihnen etwas zustoßen sollte.«
»Ja, Sicherheit ist mir wichtig«, sagt Peter S. »Aber eigentlich bin ich da ziemlich privilegiert. Als Beamter habe ich eine Pension.«
»Aber Sie wissen sicher, daß Ihre Frau natürlich nicht die volle Rente erhielte, falls Sie...«
»Ja, ich weiß.«
»Und«, fährt der Versicherungsmann fort, »wenn Sie sich einmal zwei, drei Jahre vorzeitig pensionieren lassen möchten, werden Ihnen diese Jahre an der Pension abgezogen, und vielleicht möchten Sie gerade dann einmal über eine größere Summe verfügen.«
»Ja, ich weiß«, sagt Peter. »Wie hoch wäre denn die Jahresprämie für eine Versicherungssumme, die etwa meinem Jahresgehalt entspricht?«
»Da müßten Sie etwa 3000 Franken zahlen«, antwortete der Versicherungsagent nach kurzem Blick auf eine Tabelle. »Ich nehme an, Sie könnten sich dies bei Ihrem Einkommen leisten. Es wäre ja gut angelegtes Geld.«
»Sie haben recht, das könnte ich mir leisten. Die Sicherheit ist mir schon etwas wert. Aber wissen Sie, was nützt mir dieses Mehr an kaufbarer Sicherheit, wenn die Welt immer unsicherer ist? Was hätte ich von den paar zehntausend Franken bei meiner Pensionierung, wenn bis dahin unsere Lebensgrundlagen zerstört sind? Ich werde also jährlich die 3000 Franken für meine Sicherheit einsetzen. Ich werde dafür Eisenbahn fahren, damit ich das Auto möglichst viel stehen lassen kann. Ich werde etwas für die Entwicklungshilfe tun, für die Flüchtlinge, ich werde etwas für die Informationsarbeit des WWF und des

Christlichen Friedensdienstes bezahlen. Verstehen Sie das nicht als Wohltätigkeit oder Moral. Es ist nur ein winziger Beitrag an meiner Sicherheit.«
Der Versicherungsmann bleibt freundlich, zeigt sich aber ein wenig besorgt: »Gewiß, unsere Welt ist unsicher. Sie und ich, wir können das nicht ändern. Um so mehr sollten Sie an Ihre ganz persönliche Sicherheit denken.«
»Genau das tue ich«, meint Peter S.
»Genau daran denke ich.«

Klaus Bäumlin

8

Nicht nachdenken

Ich komme ins Gespräch mit einer Ärztin, die seit einiger Zeit in der Genforschung arbeitet. Meine Sorge über die beängstigende Entwicklung auf diesem Gebiet versteht sie gut. »Man darf gar nicht darüber nachdenken«, seufzt sie; dann setzt sie ihren Weg fort.

Lore Graf

9

Genug für zwei Jahre

Ein Entwicklungshelfer kommt zu einem eingeborenen Bauer. Er zeigt diesem bessere Anbaumethoden. Der Eingeborene ist ein gelehriger und folgsamer Schüler. Immer nickend wendet er die Ratschläge an, so daß er tatsächlich die doppelte Ernte einbringen kann.
Der Weiße verabschiedet sich befriedigt: »Gut hast du das gemacht. Mach es nächstes Jahr ebenso.« »Nächstes

Jahr?«, fragt der Eingeborene erstaunt. »Warum nicht nächstes Jahr? Du weißt ja jetzt, wie man es macht.« Da sagt der Eingeborene: »Aber jetzt habe ich doch genügend Vorräte für zwei Jahre.«

Jean-Paul Ruttimann

10
Der Arzt in Hongkong

Ein Freund erzählte mir von einer Sprechstunde in Hongkong. Er war auf Empfehlung einer Reisebekanntschaft zwischen zwei Flügen zu einem chinesischen Arzt gegangen, nicht eben gläubig, aber verzweifelt an der Fähigkeit westlicher Spezialisten, einem chronischen Nierenleiden beizukommen, als sozialer Aufsteiger natürlich auch gewohnt, seine Verzweiflung, wie seine Krankheit, möglichst zu ignorieren. ›Grin and bear it‹, hatte man ihm in einer berühmten amerikanischen Klinik zum Abschied gesagt. Der Chinese empfing ihn, man unterhielt sich über dies und das, die Krankheit schien den Arzt nicht besonders zu interessieren, er erkundigte sich nach der Arbeit seines Besuchers, seinen Vorlieben, brachte ihn dazu, von einer Liebesgeschichte zu erzählen, mit der mein Freund nicht fertiggeworden war, wollte dies und das von seiner Jugend, seinen Eltern, seiner Familie wissen. Das Gespräch war keineswegs tiefschürfend, blieb im Rahmen höflicher Konvention. Man trat ans Fenster und unterhielt sich über die Schiffsbewegungen in der Bucht von Kowloon, über Einkäufe in Hongkong, der Arzt erläuterte seine Einrichtung, erklärte ein Akupunktur-Modell und ließ Tee bringen. Als mein Freund, den der eigentümlich schmeckende Tee milde gestimmt hatte, vorsichtig anfragte, wann man denn zur Sache komme und was er ihm zu verschreiben habe, sagte der Chinese gleichfalls lächelnd, man sei längst bei der Sache, und deutete auf den gemeinsamen Tee: das sei die Medizin, die er ihm aufgrund seiner Diagnose zu bieten habe. Diagnose? fragte mein Freund. Nun ja, sagte der Chinese, er habe ihm ja das meiste gesagt, was er wissen müsse. Er habe die Ehre gehabt, seinem Gast beim Reden zuzuhören und beim Gehen zuzusehen, sein Sitzen, seine Bewegungen, seine Augen und Fingernägel zu betrachten; dann drückte er, mit einer höflichen Entschuldigung, den Finger auf zwei Stellen am Rücken meines Freundes, hier und hier tue es ihm weh, nicht wahr? Es gebe ein paar Fehler in seiner Haltung, die der Arzt natürlich nicht in einer Viertelstunde korrigieren könne, da hier nicht die Störung sitze. Sondern der Schmerz sei Ausdruck einer Störung, eines schmerzlichen Verhältnisses zu bestimmten Dingen, die ihm, meinem Freund, begegnet seien und auf die er mit Spannung reagiere. Diese Spannung sei ihm jetzt eingefleischt, um sie zu lösen, werde er Hilfe brauchen bei jemandem in seiner Heimat, der etwas von Körper und Seele verstehe, aber auch die Lebensform des Patienten kenne. Schmerz sei wertvoll und vorläufig unentbehrlich, denn er zeige die Stelle an, von der man sich zurückarbeiten müsse zu seinem Ursprung, der in einer vermutlich wohlbegründeten Unzufriedenheit zu suchen sei. Wenn es ihm gelinge, vom Rückenschmerz ausgehend den Weg zu seiner Zufriedenheit zu beschreiten, einen vermutlich langen Weg, werde der Schmerz nicht mehr nötig sein. Die Niere, als empfindliches Organ, reagiere natürlich auf die angedeutete Schwerpunktverschiebung. Aber die Niere sei sekundär, und der Tee hier, von dem er ihm einen Beutel mitgebe, werde auch ihr wohltun.

Die Schmerzpunkte stimmten genau, aber es stimmte noch einiges mehr an dieser Konsultation, die damit beendigt war. Es stimmte die Aufmerksamkeit, die der Arzt einer unbekannten als ganzer, wenn auch zur Zeit gestörter Person bewies. Es stimmte die Deutung des Schmerzes nicht als Hindernis, sondern als Pforte zur

Heilung, das heißt zur Selbsteinsicht. Es stimmte auch die Bereitschaft, den heilsamen Tee mit dem Gast gemeinsam zu trinken, als *soziale* Medizin. Der Arzt stellte Gegenwart her mit seinem Gast; er begann mit der persönlichen Bekanntschaft des Hilfesuchenden, bevor er sich eine Vermutung darüber zutraute, worin sein Leiden bestand, und wozu er es brauchte.

Adolf Muschg

11
Der beste Augenblick des Tages

Es lebte einmal ein junger Mann, der täglich über den Sinn der Welt nachgrübelte. Vor allem beschäftigte ihn der Gedanke, was im Leben am meisten Ernst habe, denn, so meinte er, das Gewicht des Ernstes könne am ehesten den Menschen unter die Oberfläche des Daseins ziehen und ihn dem Grund aller Dinge nahebringen. Soviel er aber nachdachte und die Menschen beobachtete, er kam zu keinem Ergebnis. Um in seine Zweifel Klarheit zu bringen, suchte er schließlich einen alten Weisen auf, der allein in einem weit entfernten Wald lebte.

Der Meister fragte ihn, was ihn herbeigeführt habe, und er berichtete, er suche nach dem Kostbarsten, was ein Mensch tun könne, um sich der Gottheit zu nähern. »Was hast du auf dem Weg hierher getan?« fragte ihn der Meister. Der junge Mann glaubte, er habe ihn nicht verstanden, und wiederholte sein Anliegen. Doch der Meister fragte nochmals:

»Was hast du auf dem Weg nach hier getan?«

»Ich habe geschwitzt«, sagte der junge Mann, »denn der Weg auf die Höhe war steil, ich geriet außer Atem und hatte großen Durst. Aber ich habe versucht, die Beschwerden des Weges geduldig zu ertragen.«

»Was hast du noch getan?«
»Ich habe meditiert, wie ich es täglich tue. Heute habe ich mich in den Gedanken versenkt, daß der Gleichmut eine Tugend sein kann.«
»Was hast du noch getan?«
»Ich habe einem alten Mann sein Bündel Holz ins Dorf getragen. Es war für mich ein Umweg, aber ich sah, daß der Alte zu schwach für die Last war.«
»Was hast du noch getan?«
Der Jüngling zögerte, dann sagte er: »Ich habe eine Weile auf einem Stein gesessen und mit dieser Glaskugel gespielt, die mir mein Vater geschenkt hat, als ich die Schule verließ.«
»Bei welcher Beschäftigung fühltest du dich am leichtesten?«
Der Jüngling sah den Alten ratlos an. »Beantworte mir bitte meine Frage«, sagte er, »ich kam doch mit einem Anliegen zu dir.«
Der Meister wiederholte, als habe er seinen Einwand nicht gehört:
»Bei welcher Beschäftigung fühltest du dich am leichtesten?«
»Beim Spiel mit der Kugel«, sagte der junge Mann beschämt, »da war ich ganz leer und fröhlich, ich hatte keine Gedanken und Sorgen.«
»Das war der beste Augenblick dieses Tages«, sagte der Meister. »Das Spiel ist ganz leicht und zugleich ganz ernst, darum ist es der Gottheit nah. Du gelangst unter die Oberfläche des Daseins, indem du dich darüber erhebst.«

Rosemarie Harbert

12

Vertrauen

Vor der Operation informierte man den Patienten – so wie es Vorschrift ist – über sämtliche Risiken und mögliche Komplikationen. Das mußte er, was blieb ihm übrig, durch seine Unterschrift bestätigen. Ihm schwirrte der Kopf. Seine relative Zuversicht begann merklich zu wanken. Der »kleine Eingriff«, die »Routinesache« wandelte sich in seiner Phantasie zum Hazardspiel. Den entstandenen Besorgnissen begegnete man mit vernünftigen Argumenten: man sei eben zur vollen Aufklärung verpflichtet, es diene lediglich der juristischen Absicherung, das alles käme nur ganz selten vor...

Ihm half das nichts. Er fühlte sich wie in einer Falle, kurz dachte er sogar an Flucht.

Eine Schwester bemerkte seine Not. Sie meinte lächelnd: »Sie haben vergessen, daß Sie in guten Händen sind.«

In der Tat, an den Arzt, dem er doch vertraute, hatte er gar nicht mehr gedacht.

Da konnte er wieder frei atmen.

Lore Graf

13

Das Wasser des Lebens

Der Prophet Salomo klagte einst über die Kürze des menschlichen Lebens. »Was hilft mir meine große Weisheit«, sprach er, »da mir nicht vergönnt ist, die Früchte derselben zu genießen? Der größte Teil meiner Tage ist verflossen, ehe ich klug ward; und nun, da ich anfangen will, meine Erfahrungen zu nützen, stehe ich schon am

Rande des Grabes. Was ist die Weisheit des Menschen, als die vergängliche Blüte einer Blume? Sie treibt viele Tage und Wochen, bis ihr Kelch sich öffnet. Sobald sie aber ihre Reise vollendet hat, ist auch ihre Schönheit dahin; sie verwelkt, ohne die Früchte ihrer Arbeit zu genießen.« So sprach er und trauerte, als er seine Augen aufhob und einen Engel mit einem saphirnen Gefäß in der Hand vom Himmel niedersteigen sah. »Salomo«, sprach der Diener der Macht, »ich komme vom Throne des Ewigen. Er hat deine Klage gehört und mich gesandt, dir das Wasser des Lebens zu bringen. Wenn du aus diesem Gefäß trinkest, so wirst du unsterblich werden und einer ewigen Jugend genießen; trinkest du aber nicht daraus, so gehst du, wenn deine Stunde kommt, den Weg alles Fleisches. Der Ewige hat die Wahl in deine Hand gelegt; tue, was dir gefällt.« Der Engel setzte das Gefäß vor den Füßen des Propheten nieder und verschwand.
Salomo war ungewiß, was er tun sollte. Er versammelte seine Wesire und fragte sie um Rat. Sie rieten ihm einstimmig zur Unsterblichkeit. Weil aber Butimar, der weiseste unter seinen Wesiren, nicht zugegen war, so ließ ihn der Prophet rufen und legte ihm die Frage vor. »Großer König«, antwortete Butimar, »ist dieses Wasser des Lebens für dich allein bestimmt, oder kannst du auch andere davon trinken lassen?« »Der Höchste«, sprach Salomo, »hat nur mir allein diese Gunst gezeigt.« »Wenn das ist«, erwiderte der Wesir, »so werden deine Kinder, deine Freunde, deine liebsten Gemahlinnen nach und nach sterben. Wie ein Baum, den man jährlich seiner schönsten Früchte beraubt, wirst du jedes Jahr, wirst du jede Woche, jeden Tag einen von den Lieblingen deines Herzens verlieren und klagen. Was für Reize kann eine Unsterblichkeit haben, deren Los eine unaufhörliche Trauer ist? Wenn nicht alles, was du liebest, mit dir unsterblich wird, so ist Unsterblichkeit eine ewige Qual.«
»So denke ich auch«, sprach der Prophet. »Diese Erde ist nicht dazu geschaffen, unsterbliche Kinder zu tragen, sonst müßte die Sonne mitten am Himmel stillestehen.

Meine Klage war ungerecht. Ein Weiser, der ewig in diesem Tale der Torheit wohnen, der ewig die Fesseln irdischer Begierden tragen müßte und kein Ende in seinem Schlangenwege vor sich sähe, der wäre der unglücklichste Mann, welcher unter der Sonne zu finden ist.«
Als der Prophet zurückkam, war das Wasser in dem Gefäß vertrocknet. Er kniete nieder und sprach: »Herr, verzeihe deinem Knechte, wenn er dich in deinen Werken tadelte. Bei dir allein ist Weisheit und Verstand; du hast alle Dinge durch sie geordnet; und der Sohn des Staubes kann nichts, als dein Tun bewundern.«

Aus dem Orient

14
Der Tod meiner Mutter

Alle Verwandten kamen. Das ganze Dorf kam, um sie noch einmal zu sehen. Jeder wußte, daß sie sterben würde. Sie selbst wußte es auch.
Zu ihren Enkelkindern sagte sie: »Wenn meine Hände nur mehr Kraft hätten! Ich pflanzte noch mehr Taro, Yam und Bananen für euch!«
Ich besuchte meine Mutter täglich, oft dreimal am Tag. In der dritten Woche ihrer schweren Krankheit sagte sie zu mir: »Ich muß gehen. Halte mich mit deinen Gebeten nicht zurück. Du bist erwachsen. Sei tapfer.«
Sie weigerte sich zu essen: »Mein Körper ist nicht hungrig.« Als Vater sah, daß ihr Tod kam, bat er mich, sie in ihr Heimatdorf zu bringen, damit sie dort sterben konnte. Wir legten sie auf eine Matratze ins Auto, stützten sie und nannten jeweils die Namen der Dörfer, durch die wir fuhren.
An einem kleinen chinesischen Laden hielten wir. Frau Cheong war Mutters Freundin. Sie kam zum Auto.

Mutter hielt ihr die Hand hin und sagte: »Ich werde jetzt sterben!« Frau Cheong ließ die Hand los, lief zum Laden zurück und brachte einen Arm voller Sachen: Blusen, zwei Kartons Fischdosen, Tabak, Zigaretten und kleine Geschenke. Wir hatten kaum Platz für alles.

Als nächstes hielten wir an einer Mädchenschule, wo Mutters Enkelin unterrichtete. Sie sagte ihr Aufwiedersehen.

Hinter der großen Brücke gab es eine kurze Unterbrechung. Das Auto war zu heiß geworden, weil die Wasserpumpe ein Leck hatte. Ich füllte Wasser nach. Mutter gab mir zwanzig Kina, damit ich sie endlich reparieren ließ. Die Leute kamen und fragten. Sie schenkten uns Betelnüsse und drückten ihr Mitgefühl aus. Aber meine Mutter sagte: »Warum verschwendest du meine Zeit? Bring mich nach Hause!« Dies waren ihre letzten Worte.

Als wir an der Missionsstation vorbeifuhren, wo sie als Mädchen und dann mit ihrem Mann gelebt hatte, murmelte sie nur etwas, das keiner verstand.

Endlich kam Boronugoro, wo sie viele Jahre ihres Lebens gewesen war und Tag und Nacht gearbeitet hatte. Zwanzig Jahre lang hatten meine Eltern hier auf dem kleinen Höhenzug Kokospalmen und Kakao-Bäume gepflanzt. Hier war unser Zuhause, von hier kam unsere Lebenskraft.

Als wir über dieses Land fuhren, hielt ich für einen Augenblick an. Wir redeten nicht, aber wußten, was jeder in seinem Herzen fühlte.

Mein Vater stieg aus. Er wollte all die Wege zu Fuß gehen, die er mit meiner Mutter gegangen war. Er sah die Kokospalmen, für die er die Löcher gegraben und die sie gepflanzt hatte. Diese großen, hochaufragenden Palmen, die jetzt vierzig Fuß über ihm standen. Und er sah und spürte, wie vierzig Jahre gemeinsamen Lebens zu Ende gingen.

Ich aber fühlte und hörte, wie die Kokospalmen weinten, die Kakaobäume trauerten und die Bananenstauden klagten. Mutter sagte ihnen Aufwiedersehen.

»Du bist hier tausendmal gegangen«, sagten wir, »mit dieser Erde hast du dich abgeplagt für uns.« Und dann fuhren wir an dem Garten vorbei, den sie zuletzt angelegt hatte: Die Papaya-Bäume, Taro und alle Pflanzen schienen uns zu grüßen. Ich trug Mutter in ihr altes Haus. Die Menschen im Dorf sahen uns und weinten: »Unsere Mutter verläßt uns!«
Sie lag wohl eine Stunde so auf ihrem Bett. Aber das Feuer auf dem Herd brannte nicht. Es war kalt. Sie war die Wärme und das Feuer, das nun verlosch.
Meine Frau, die Kinder, meine Schwestern standen über sie gebeugt. Wir hielten sie. Dann wehte ihr letzter Atem über unsere Hände, sie starb. Ein wahrhaft glücklicher Tod.

Bernard Narokobi

15
Die Maus und das Murmeltier

Goldgelb leuchtete das Herbstlaub. Eine Maus und ein Murmeltier sammelten wie viele andere Tiere Vorräte für den Winter. Die beiden Tiere sammelten soviel sie konnten. Eines Tages sprach das Murmeltier zur Maus: »Ich bin viel größer und stärker als du, darum habe ich schon viel mehr Vorräte gesammelt als du.«
Die Maus war nicht begeistert davon und dachte: »Sammeln kannst du schneller, aber graben kann ich besser.« Damit grub sie unter der Vorratskammer des Murmeltieres ein großes Loch. Dann fragte sie das Murmeltier: »Darf ich deine vielen guten Vorräte einmal sehen?«
Das Murmeltier antwortete: »Ja, komm, ich will sie dir gerne zeigen.« Als die Maus die vielen Vorräte sah, rief sie: »Wahrhaftig hast du viele Vorräte! Bestimmt freust du dich darüber! Komm, wir machen einen Freudentanz!«

Und sie tanzten, bis der Boden einstürzte und alle Vorräte in das Loch der Maus hinunterkollerten.

Bettina Lienhard

16
Das himmlische Mahl

Ein reicher Mann kam ins Sterben. Er erwachte im Paradies. Eine reichgedeckte Tafel verhieß wahrhaft himmlische Freuden. Er fragte nach der Bedingung zum köstlichen Genuß. Alles kostet nur einen Groschen, das war die Antwort. Da dachte der Mann an seinen großen Reichtum und freute sich von Herzen. Doch als er bezahlen wollte, schüttelte man den Kopf: Du hast in deinem Erdenleben wenig gelernt. Bei uns gilt nur das Geld, das einer verschenkt hat. Da wurde der Mann traurig. Er ward plötzlich bettelarm, denn er hatte nichts in seinem Leben verschenkt.

Aus Asien

VIII
Rollen verändern

Das Rollenverhalten des Menschen ist eng mit seinem Wertbewußtsein verknüpft. Deshalb wird er je nach den ihm vermittelten Wertvorstellungen Rollenzuweisungen vornehmen bzw. sich ihnen unterwerfen. Lange eingespielte Rollen werden schließlich als gegeben hingenommen und kaum mehr in Frage gestellt. So entstehen Erwartungshaltungen, die sich an Rollenfixierungen und -klischees orientieren. Man wiegt sich dann im sicheren Glauben, genau zu wissen, was für andere gut und richtig ist und welche Eigenschaften sie zu entwickeln haben (1, 2). Tun sie das nicht oder verhalten sie sich ganz anders als ihnen zugebilligt wird, gelten sie als unnormal und werden herabsetzend behandelt oder sogar verfolgt (3).

Ein erster Schritt zum Aufbrechen solcher Klischees ist das Bewußtwerden unterschwelliger Abläufe, denn häufig genug kommen unreflektierte Widerstände gegen eine Veränderung auch aus den Reihen derjenigen, die sich in ihrer, wenn auch oft ungeliebten, Rolle eingerichtet haben (4).

Was ist der Grund? Rollen in Frage stellen macht unbeliebt und der Rebellion verdächtig, Rollen verändern ist unbequem, mühsam und angstauslösend für alle Beteiligten (5). Immer geht es dabei um Verunsicherung; jeder Zweifel an der »normalen« Situation wird als Bedrohung empfunden (6).

Aber Rollen müssen sich ändern, wenn die Lebensumstände oder neu gewonnene Erkenntnisse es erfordern. Dann zeigt sich, wie stark und ihrer selbst sicher die Person hinter der Rolle ist und wieviel Eigenverantwortung sie zu übernehmen fähig ist. Denn auf Hilfe von der andern Seite sollte sie nicht zählen (7). Zwar werden geringe Abweichungen vom gewohnten Rollenspiel noch

relativ leicht akzeptiert, auch Einsichten sind vorhanden, aber sobald die eigene Existenz empfindlich betroffen ist, rasten früh eingeübte aggressive Mechanismen wieder ein (8).
Es verändern sich Rollen nicht schon dadurch, daß eine Gruppe Funktionen einer andern übernimmt, bei »Normalisierung« der Umstände ist die alte Ordnung schnell wiederhergestellt (9). Rollenveränderung braucht Sensibilität ohne Ängstlichkeit. Sie braucht deutliche Worte für Verstöße gegen das Leben und zur Warnung vor falschen oder gefährlichen Entwicklungen (10, 11). Sie braucht die Erkenntnis, daß jede Festlegung auf ein bestimmtes Verhalten von Übel ist; denn verschiedene Menschen haben, unabhängig von ihrer Gruppenzugehörigkeit, verschiedene Gaben und Aufgaben, die sich ergänzen und von denen keine als höher oder minder zu bewerten ist (12).
Es geht nicht um einen Rollentausch, auch nicht um eine einfache Umkehrung von Herrschaftsverhältnissen, sondern um die Bereitschaft, ohne Angst auf gleicher Ebene einander zu begegnen. Voraussetzung dafür ist ein gefestigtes Selbstwertgefühl, das uns nicht in überholte Rollenmuster zurückfallen läßt, wenn wir die Befürchtung hegen, wir könnten die Kontrolle über die Entwicklung verlieren.

L. G.

1

Verschiedenes Bedürfen

Man erzählt, ein Hund und ein Pferd waren befreundet. Der Hund sparte dem Pferd die besten Knochen auf, und das Pferd legte dem Hund die duftigsten Heubündel vor, und so wollte jeder dem anderen das Liebste tun, und so wurde keiner von beiden satt. Das gibt genau ein Elend noch zwischen sich nächsten Menschen wieder, vorab verschiedenen Geschlechts, wenn sie nicht aus ihrem eigenen Haus können, aber auch zwischen loser vertrauten. Bescheidener Anspruch an das gar allgemein, üblicherweise zum Guten Gereichte hilft freilich viel. Denn sieht man die Heubündel, den Abend, den Sonntag der meisten Menschen, so begreift man nicht, wie sie am Leben bleiben können.

Ernst Bloch

2
Sightseeing in Rom

Die Fremdenführerin erklärte den schweizer Touristen, die nach Rom gekommen waren, um die Stadt zu besichtigen, daß das Straßennetz im antiken Rom etwa vier Meter tiefer gelegen hätte als dasjenige, auf dem die Menschen heute gehen und die Autos fahren. Die schweizer Touristen wollten das nicht glauben und fragten, wieso der Boden, statt vom ständigen Draufherumlaufen abzunehmen, um vier Meter steigen konnte. Die Fremdenführerin erklärte ihnen, daß das Straßenniveau jetzt deshalb höher sei, weil im Laufe der Jahrhunderte Mauerreste, Menschenspucke, Zigarettenkippen, Altpapier, Flaschenscherben, Orangenschalen, Kirschkerne, Trambahnscheine, Streichholzschachteln, Hundekot und Katzenscheiße auf den Boden gefallen wären.
Die schweizer Touristen wollten das nicht glauben. Sie waren entsetzt und sagten alle zusammen, daß so etwas in der Schweiz nie vorkommen könnte, weil bei ihnen nie jemand etwas auf den Boden würfe, und weil sie einfach wüßten, wie man eine Stadt sauber hält.
»Wir Römer sind vielleicht große Schweine«, sagte die Fremdenführerin, die eine Römerin war und sich gekränkt fühlte, »aber wir haben Rom gebaut – und ihr?«

Luigi Malerba

3

Rip van Winkle

Eine Geschichte, die sich in den Anfängen des 19. Jahrhunderts bei den Pionieren der holländischen Kolonien in Amerika ereignet hatte; Protagonist meiner Geschichte war ein Bauer namens Rip Van Winkle. Als Rip in sein Heimatdorf zurückkehrte, fand er es sehr verändert: man bereitete sich auf die Wahlen vor. Da inzwischen eine Ewigkeit vergangen war, erkannte ihn niemand mehr, und er erkannte niemanden. Mit seinem Jagdgewehr über der Schulter, von einem Schwarm von Frauen und Kindern gefolgt, wanderte Rip durch die Straßen und gelangte schließlich zu einem Wirtshaus, in dem gerade eine Versammlung abgehalten wurde. Er stellte sich dazu; da er anders aussah als alle, erregte er gleich die Aufmerksamkeit der Zuhörer, die ihn alsbald umringten und interessiert betrachteten. Nachdem die Versammlung beendet war, näherte sich auch der Redner. Er zog ihn auf die Seite und fragte ihn, welche der beiden Parteien er wählen würde. Rip riß bestürzt den Mund auf. Da näherte sich ihm einer aus der Zuhörerschaft, zog ihn am Bart und fragte ihn nochmals, ob er nun ein Föderalist oder ein Demokrat sei? Wieder riß Rip bestürzt den Mund auf; alle hüllten sich in Schweigen. Da trat breit und wichtigtuerisch ein Herr mit einem Zweispitz auf dem Kopf nach vorne; er stellte sich vor Rip auf, die linke Hand in die Hüfte, die rechte auf seinen Stock gestützt, und forderte ihn auf zu erklären, was er mit einem Gewehr auf der Schulter und einem Schwarm von Elenden im Gefolge bei einer Wahlversammlung zu suchen habe: ob er vielleicht Unruhe im Ort stiften wolle? Der verblüffte Rip aber gab zur Antwort, daß er ein anständiger Mensch sei, daß er hier geboren und hierher zurückgekommen sei, um sich nützlich zu machen und seinen Pflichten nachzukommen; das Gewehr habe er bei sich, weil Männer wie er oft ein Gewehr bei sich hätten, aber er habe niemals einen schlechten Gebrauch von ihm gemacht, und jedenfalls sei er weder für die Föderalisten noch für die Demokraten. Da erhob sich ein großer Tumult. »Einer, der weder für die Föderalisten noch für die Demokraten ist! Ein Vertriebener! Ein Ketzer!« schrien alle. »Jagt ihn fort! Verhaftet ihn!« Dann wurde Rip sowohl von den einen als auch von den anderen verprügelt.

Oriana Fallaci

4
Unterdrückungsgequassel

»Ich kann das Unterdrückungsgequassel nicht mehr hören«, sagte mir eine auffallend hübsche und begabte Studentin, »ich bin doch gar nicht unterdrückt!« Sie hatte das Vorlesungsverzeichnis der Universität, in der natürlich fünfundneunzig Prozent aller Professoren Männer sind, vor sich. »Und das?« sagte ich nur, und wir lachten beide.

Dorothee Sölle

5
Der Kerl könnt' ein Rauber sein

Wenn der Zufall zwei Wölfe zusammenführt, fühlt gewiß keiner die geringste Beklemmung über das, daß der andere ein Wolf ist; aber zwei Menschen können sich nie im Walde begegnen, ohne daß nicht jeder denkt, er könnt' ein Rauber sein.

Johann N. Nestroy

6
Es ist ein Spiel

Eine Ehefrau sagt beim Boccia-Spiel zu ihem Mann: Du bist schwach wie immer. Er sagt später: Jetzt gibt's nur eins, jetzt knalle ich meine Frau einfach weg. Er meint natürlich nur ihre Kugel in der Bahn. Alles in vergnüglichem Ton. Als er es versucht hat, lacht sie: Können muß man! ... Es gibt zwei Möglichkeiten: das Paar spielt zusammen als Partei oder wir mischen, so daß Mann und Frau, spielhalber mit einem andern Partner vereint, gegeneinander antreten. Als Gastgeber lasse ich die Wahl. Die meisten Paare, ob verheiratet oder nicht, möchten lieber nicht eine Partei bilden, vor allem Paare, die sich schon einmal im Spiel erfahren haben. Tatsächlich sind sie dann weniger vergnügt; da hilft auch kein Wein dazwischen. Dann sagt er: Jetzt tu doch endlich einmal, was ich dir sage. Oder: Entschuldige, das ist mir ausgerutscht. Und da sie nichts sagt, wiederholt er: Entschuldige. Da wir erwachsene und gebildete Leute sind, geht es natürlich nicht ums Gewinnen. Sie sagt: Schau, wie er das macht! Sie meint den Mann in der Gegenpartei. Er sagt: Du hast eben eine Flasche geheiratet. Es kommt vor, daß das Paar, eben noch in bester Laune, lange nicht miteinander spricht, bis sie sagt: Du bist an der Reihe, aber spiele nicht wieder wie ein Idiot. Alles in vergnüglichem Ton. Das Spiel läßt kein ernstes Gespräch zu. Er will es nämlich gut machen. Sie sagt: Gut, sehr gut! worauf er sagt: Aber jetzt mach du nicht wieder alles kaputt. Fast hat man den Eindruck, sie verlieren lieber, zumindest macht der Sieg keine gemeinsame Freude... Spielen sie gegen einander, vereint mit einem andern Partner, so wird es leichter, lustiger. Sie sagt zum fremden Partner: Wir gewinnen! Er sagt zu seiner fremden Partnerin: Fabelhaft! oder wenn es daneben gegangen ist: Das war der Boden. Aber sie reden auch als Mann und Frau zueinander, jetzt von Partei zu Partei; er sagt: Gib's auf, Helene, da ist nichts mehr zu machen. Alles im vergnüglichen Ton. Sie sagt zu ihrem fremden Partner: Hauen Sie ihn einfach weg! und schon ist es geschehen, aber es kränkt niemand, es ist ein Spiel. Sie necken sich nur. Sie sagt: Siehst du! oder sie sagt jetzt gar nichts, ihre Kugel liegt genau, wo sie liegen sollte; er fragt: Hast du geworfen? Natürlich hat sie diese Kugel geworfen; er fragt ja nur. Ihr fremder Partner macht ihr Mut, wenn er ihr die Kugel reicht (schon das tut ihr Mann nicht): Und jetzt machen Sie noch einen Punkt! Ihr Mann sagt: So ein Glück! Es geht wirklich nicht ums Gewinnen. Sie sagt allgemein: Leo kann es nicht vertragen, wenn er verliert. Darauf geht er nicht ein, sondern sagt zu seiner fremden Partnerin: Ihr Mann ist unschlagbar. Zwischenhinein läßt sich auch über Kinder sprechen, über die Straßenverhältnisse, über das Zürcher Schauspielhaus usw., schon nicht über Hochschulfragen; er sagt oder sie sagt: Spiel jetzt! ... Also eine Partei hat tatsächlich gewonnen, was sogleich unwichtig ist, ein schöner Abend, dann wieder Gespräch; später einmal gehen sie, wie sie gekommen sind: ein glückliches Paar, eine gute Ehe.

Max Frisch

7

Ein Orden für Ungehorsam

Das gab es unter Karl V., dessen Macht sich über ein Reich ausgedehnt hatte, in dem die Sonne nicht unterging. Die Beamten der Krone in den überseeischen Besitzungen waren dank der rudimentären Nachrichtenverbindungen in einem scheinbar unlösbaren Dilemma gefangen: Einerseits mußten sie die Befehle Madrids befolgen, andererseits konnten sie sie nicht befolgen, weil diese Weisungen meist in krasser Unkenntnis der örtlichen Gegebenheiten erteilt wurden und in jedem Falle die Befehlsempfänger erst Wochen oder sogar Monate nach ihrem Erlaß erreichten und bis dahin längst durch die Weiterentwicklung der Lage überholt waren. In Zentralamerika führte dieses Dilemma zu einer heute noch praktizierten Lösung, nämlich der paradoxen Maxime: »Se obedece, pero no se cumple« (man gehorcht, aber man führt [die Weisung] nicht aus), und es dürfte kein Zweifel bestehen, daß dank dieser Lösung die mittelamerikanischen Besitzungen nicht wegen, sondern trotz der kaiserlichen Machtsprüche blühten. Zwei Jahrhunderte später wurde dieser Befehlslösung von Kaiserin Maria Theresia durch die Einführung des nach ihr benannten Ordens offizielle Anerkennung verliehen. Der Maria-Theresien-Orden blieb bis zum Ende des Ersten Weltkriegs (und in Ungarn sogar bis in den Zweiten Weltkrieg hinein) die höchste militärische Tapferkeitsauszeichnung. Mit erfrischender Absurdität war er jenen Offizieren vorbehalten, die aus eigener Entscheidung und unter Mißachtung erhaltener Befehle den Verlauf einer Schlacht zum Sieg lenkten. Ging ihre Eigenmächtigkeit aber schief, so blühte ihnen selbstverständlich ein Kriegsgerichtsverfahren wegen Ungehorsams. Der Orden war damit das bewundernswerte Beispiel einer offiziellen Gegenparadoxie, würdig einer Nation, deren Einstellung zur Übermacht der anderen (oder des Schicksals) immer schon vom Motto geprägt war: Die Lage ist hoffnungslos, aber nicht ernst.

Paul Watzlawick

8

Erbitterte Feinde

Ein Mädchen aus der Grenzstadt von Tschu ging mit einem Mädchen aus der Grenzstadt von Wu auf dem Grenzgebiete Maulbeerblätter sammeln. Sie spielten miteinander und es geschah, daß das Mädchen aus Tschu verletzt wurde. Als seine Eltern es erblickten, gingen sie nach Wu, um den Eltern des anderen Mädchens Vorwürfe zu machen. Die Eltern des Mädchens aus Wu empfingen sie jedoch nicht freundlich. Darüber gerieten jene in solchen Zorn, daß sie die Eltern des Mädchens aus Wu töteten und dann davonliefen. Um diese Morde zu rächen, gingen die Leute von Wu nach Tschu und töteten die Familienmitglieder des Mädchens aus Tschu. Der Herrscher der Grenzstadt von Tschu war über diese Sache außerordentlich erbost und rief: »Wie können es diese Leute aus Wu wagen, Leute meiner Stadt anzugreifen?« Seine Soldaten mußten augenblicklich einen Angriff auf die Feinde unternehmen und alle Leute, einerlei ob sie alt oder jung waren, töten. Als der König von Wu davon erfuhr, wurde er zornig und schickte seine Soldaten nach der Grenzstadt von Tschu. Diese eroberten die Stadt, machten sie dem Erdboden gleich und kehrten dann zurück. Wu und Tschu waren zu erbitterten Feinden geworden.

Lü Bu We

9
Gelebt wie Dämonen

Bei einem Gespräch über die angeblich wachsende Angleichung der Geschlechter fiel mir eine Geschichte ein, die der Professor J. nach seiner Rückkehr aus Zentralafrika erzählte. Bei einem Stamm im südlichen Kongo ist anläßlich eines bestimmten Festes eine Art von Kriegsbemalung und Schmückung der Frauen üblich, welche diese, mit feuerrot gefärbten und in pfeilartig abstehende Locken gewickelten Haaren, überaus erschreckend erscheinen läßt. Der Brauch ist eine Erinnerung an eine Großtat der Frauen dieses Stammes, einen Rinderraub, den sie vor langer Zeit und in ebendieser Dämonenverkleidung ausgeführt haben. Das scharenweise Auftreten der grellbemalten und durch grotesken Schmuck völlig unkenntlichen Wesen, ihr wildes Geheul und ihre bizarren Bewegungen erschreckten die Männer des überfallenen Nachbarstammes so sehr, daß sie entsetzt das Weite suchten und den Frauen die Beute kampflos überließen. Die Rinder vor sich hertreibend, traten diese den Rückzug an. Auf dem Heimweg aber kamen sie durch einen Wald, viel Reisig lag unter den Bäumen umher, und schon erwachte in jeder der eben noch so dämonisch tanzenden, so grauenhaft brüllenden Räuberinnen die brave Hausfrau, die das Herdfeuer bedenkt. Das Holz stach ihnen in die Augen, es kostete nichts, es war geschenkt wie das Regenwasser, wie der Wind, der die Wäsche trocknete über dem Hang. Unmöglich konnte man es liegen lassen, es verkommen lassen ungenützt. Also wurde es gesammelt und auf den Rücken geladen, soviel jede zu tragen vermochte. Einem Späher des überrumpelten Stammes, der den Räubern vorsichtig nachgeschlichen war, bot sich ein unvermutetes Bild. Hinter der entführten Rinderherde eine Schar von Frauen mit aufgelösten Locken und verschmierter Schminke, schwatzend, schwer hintrottend unter der geschickt gebündelten Last. Natürlich war der Bann gebrochen – niemand fürchtet sich vor Hausfrauen mit Markttaschen, die, am Bleistift leckend, ihre kleine Rechnung machen. Daß man den kläglich, mit Herausgabe des gestohlenen Gutes endenden Raubzug trotzdem noch heute feiert, scheint mir bemerkenswert. Einmal gelebt wie Dämonen – das ist etwas, was nicht jedem, und keineswegs allen Männern gelingt.

Marieluise Kaschnitz

10
Ans Leben denken

Eine Moskauerin sagte nach Tschernobyl: »Wenn da oben im Politbüro eine Frau säße, die das Leben kennt, dann würde man uns wenigstens bei der Auswahl der Lebensmittel helfen. Männr denken gar nicht an das Leben, sie wollen nur die Natur und den Feind bezwingen. Was immer es koste.«

Aus »Die Zeit«

11
Das letzte Buch

Das Kind kam heute spät aus der Schule heim. Wir waren im Museum, sagte es. Wir haben das letzte Buch gesehen. Unwillkürlich blickte ich auf die lange Wand unseres Wohnzimmers, die früher einmal mehrere Regale voller Bücher verdeckt haben, die aber jetzt leer ist und weiß getüncht, damit das neue plastische Fernsehen darauf erscheinen kann. Ja und, sagte ich erschrocken, was war das für ein Buch? Eben ein Buch, sagte das Kind. Es hat einen Deckel und einen Rücken und Seiten, die man umblättern kann. Und was war darin gedruckt, fragte ich. Das kann ich doch nicht wissen, sagte das Kind. Wir durften es nicht anfassen. Es liegt unter Glas. Schade, sagte ich. Aber das Kind war schon weggesprungen, um an den Knöpfen des Fernsehapparates zu drehen. Die große weiße Wand fing sich an zu beleben, sie zeigte eine Herde von Elefanten, die im Dschungel eine Furt durchquerten. Der trübe Fluß schmatzte, die eingeborenen Treiber schrieen. Das Kind hockte auf dem Teppich und sah die riesigen Tiere mit Entzücken an. Was kann da schon drinstehen, murmelte es, in so einem Buch.

Marieluise Kaschnitz

12
Maria kam gewiß nicht ohne Martha aus

Ein Bruder ging zum Berge Sinai, um Abba Sylvanus aufzusuchen. Als er dort die Brüder bei schwerer Arbeit sah, sagte er zu ihm: »Arbeiten sollt ihr nicht für Speise, die vergänglich ist, denn Maria ›hat den besten Teil erwählt‹.« Da ließ der Weise seine Schüler kommen: »Zacharias, hol dem Bruder ein Buch und bringe ihn in eine leere Zelle.« Als es drei Uhr geworden war, spähte der Bruder zur Tür hinaus, um zu sehen, ob einer ihn zum Mahl rufen werde. Weil aber niemand rief, erhob er sich, ging zu dem Weisen und fragte: »Abba, haben die Brüder heute nichts gegessen?« Der Weise sprach: »Natürlich aßen wir.« Der Bruder forschte weiter: »Und weshalb habt ihr mich nicht gerufen?« Der Weise gab zurück: »Du bist ein spirituelles Wesen und auf derartige Speise nicht angewiesen. Aber wir sind Menschen von dieser Erde und müssen essen – und darum arbeiten wir. Du hast in der Tat ›den besten Teil erwählt‹, du liest den ganzen Tag und mußt keine irdische Nahrung zu dir nehmen.« Als der Bruder dies hörte, zeigte er Reue und sagte: »Vergebt mir, Abba.« Der Weise erwiderte: »Maria kam gewiß nicht ohne Martha aus, und es ist tatsächlich Marthas Hilfe zu danken, wenn Maria gepriesen wird.«

Yushi Nomura

IX
Neue Horizonte entdecken

Was wir in Kap. IV ins Auge gefaßt hatten, das Offensein für neue Erfahrungen, soll am Ende in eine noch weitere Perspektive gerückt werden. Ging es dort um das wache Eingehen auf die Herausforderungen der Gegenwart, beschäftigen uns hier die Berührungen mit zukünftigen Dingen, oder anders ausgedrückt: die Wahrnehmungen neuer Horizonte für unsere Lebenssicht.

Es lohnt sich, an Rückblicken zu lernen, wie in früheren Zeiten der Anbruch einer neuen Epoche erlebt wurde, auch wenn sich die heutigen Entsprechungen komplizierter ausnehmen (1). Nicht so einfach gelingt uns der geweitete Blick für »Auferstehungsgeschichten« in unserer heillosen Geschichte (2), und auch die Beispiele fernöstlicher Weisheit muten uns faszinierend fremd an, wie ihnen der kurze Schritt vom diesseitigen Leben ins andere Dasein gelingt (3).

Näher gerückt erscheint uns die Episode der Frau, die den beabsichtigten Selbstmord überlebte und für die in der Katastrophe ein neues Dasein begann (4). Indessen kann ein Neuanfang auch weniger dramatisch, aber nicht weniger aufwühlend vonstatten gehen und gleichfalls den Schritt in eine neue Dimension des Lebens bedeuten (5, 6).

Mit dem Altern tun sich Grenzerfahrungen auf (7), zumal wenn der Blick über den Tag und die eigene Generation hinaus zielt (8). Aber wie läßt sich in den Veränderungen dieser Zeit noch solch ein Zusammenhalt von Gestern und Morgen bewahren, wenn der Gewinn an Fortschritt den Verlust an alten Werten nicht aufwiegt (9)? Die letzten Texte gehen auf diese Spannung ein: auf das Erwachen in unserer Generation angesichts der bedrohten Lebenswelt (10–12), auf das Begreifen, in wievieler Hinsicht Zukunft von uns so oder so vorbereitet wird, und auf den Geist der Hoffnung, daß sie gleichwohl voller Verheißungen ist (13, 14).

U. K.

1

Der Hirschkäfer und die neue Ära

Um die Mitte des 17. Jahrhunderts hielt die *Royal Society* in London eine der seltsamsten Sitzungen ab, zu der man sich in den Räumen dieser honorigen Gesellschaft wohl jemals versammelt hat. Alle Teilnehmer waren Naturwissenschaftler, hervorragende Gelehrte, Vertreter der geistigen Creme des Königreichs. Man muß das ausdrücklich hinzusetzen, denn was die würdigen Herren, gekleidet in Talar und Perücke, bei dieser Gelegenheit taten, läßt darauf nicht im ersten Augenblick schließen.
Man traf sich um Mitternacht und nahm gemeinsam an einem runden Tisch Platz. Einer aus der Runde erhob sich und zog, während die anderen im Chor lateinische Beschwörungsformeln zu murmeln begannen, mit Kreide einen Kreis auf der Tischplatte. Darauf entnahm einer der anderen einem mitgebrachten Kästchen vorsichtig einen kapitalen Hirschkäfer, den er in der Mitte des Kreidekreises absetzte. Von da ab herrschte erwartungsvolles Schweigen.
Der Hirschkäfer drehte sich ein paarmal nach links und nach rechts. Dann hatte er sich für eine Richtung entschieden. In diese marschierte er unbeirrt los, über die Kreidelinie hinweg, bis der Rand der Tischplatte ihm Halt gebot.
Der simple Vorgang erfüllte die gelehrte Runde mit Entzücken. Erleichtertes Lachen wurde laut, einige schimpften auch. Man klopfte sich auf die Schultern, schüttelte sich die Hände und gelobte, daß man von jetzt an nur

noch glauben werde, was man selbst habe nachprüfen können.

Hoimar von Ditfurth

2
Kinder in Auschwitz

In Auschwitz gab es von September 1943 bis Juli 1944 ein Familienlager, in dem Kinder lebten, die aus Theresienstadt überführt waren und – zur Irreführung der Weltöffentlichkeit – Postkarten schrieben. In diesem Lager wurde, und jetzt kommt eine Auferstehungsgeschichte, in verschiedenen Formen Erziehung betrieben. Kinder, die bereits fürs Gas bestimmt waren, lernten Französisch, Mathematik, Musik. Die Erziehenden arbeiteten in vollem Bewußtsein der ausweglosen Situation. Selber weltlos, brachten sie die Erkenntnis von Welt bei. Selber vernichtet, lehrten sie das Nicht-Vernichten, das Leben. Selber entwürdigt, stellten sie die Würde des Menschen wieder her. Es mag einer sagen: »Es hat ihnen nichts genützt.« Aber so sprechen die Heiden. Laßt uns lieber sagen, es macht einen Unterschied. Gott, laßt uns ganz diesseitig sagen, macht einen Unterschied.

Dorothee Sölle

3
Eingang ins Bild

Eine Philosophie leben, heißt durch sie sterben lernen, sagt Montaigne senecahaft, ja fast noch magisch weise; auch einige chinesische Endmotive verschlingen eben das Werktor mit dem Todestor, merkwürdig und kaum von ungefähr... Die Geschichte von dem alten Maler gehört so hierher, der seinen Freunden sein letztes Bild zeigte: ein Park war darauf zu sehen, ein schmaler Weg, der sanft hindurchführte, an Bäumen und Wasser vorüber, bis zu der kleinen roten Tür eines Palasts. Aber wie sich die Freunde zu dem Maler wenden wollten, das seltsame Rot, war dieser nicht mehr neben ihnen, sondern im Bilde, wandelte auf dem schmalen Weg zur fabelhaften Tür, stand vor ihr still, kehrte sich um, lächelte, öffnete und verschwand.

Ernst Bloch

4

Die Überlebende

In einem Mietshaus in Berlin-Schöneberg war 1945, als die Russen gewisse Teile der Stadt Berlin schon besetzt hatten und Gerüchte von ihrem Verhalten auch nach Schöneberg gedrungen waren, eine Panik ausgebrochen. Keine Familie, die nicht beschlossen hätte, sich umzubringen und dadurch der Ermordung oder Vergewaltigung zu entgehen. Das Wie und Wann solchen freiwilligen Todes muß von Wohnung zu Wohnung da noch hastig besprochen, das etwa vorhandene oder rasch beschaffte Gift geteilt und Abschiedsgrüße ausgetauscht worden sein. Ein Ehepaar, das ich selbst gekannt hatte, setzte sich, mit dem Bild des gefallenen Sohnes vor sich auf dem Tisch, nebeneinander aufs Sofa und starb dort augenscheinlich ohne Qualen, auch die andern Hausbewohner wurden am Morgen tot, aber nicht fürchterlich verzerrt oder entstellt gefunden. Von wem gefunden, da doch alle gestorben waren oder doch wenigstens hatten sterben wollen? Ich fragte das später einmal und erfuhr, daß doch einer der Hausgenossen, eine ältere Frau, übriggeblieben war. Diese Frau, eine Witwe, hatte mit ihrer noch ganz jungen Tochter zusammen gelebt und hatte sich auch, in derselben fast freudigen Entschlossenheit wie die andern Hausbewohner und an demselben Abend das Leben nehmen wollen. Sie ist aber übriggeblieben und hat, die einzig noch Lebendige, das zuerst verlassene, dann von neuen Mietern bezogene Haus durchstreift. Sie hat jedem Menschen, den sie traf, erzählt, wie es in jener Nacht zugegangen war, wie sie, während ihr Kind die Gifttabletten schluckte, noch einen Augenblick zögerte, um zu sehen, ob die Tochter leiden müsse, dann noch einen Augenblick, um sie in ihren Armen aufzufangen und auf die Couch zu betten. Dann war ihr der Gedanke gekommen, was mit dem schönen leblosen Körper wohl geschehen würde, wer ihn womöglich grob anfassen und sich über die Schulter werfen und welches Massengrab ihn am Ende aufnehmen würde. Sie hatte beschlossen, ihrerseits so lang am Leben zu bleiben, bis sie der Tochter im Garten ein Grab geschaufelt und sie dort hineingelegt hatte, und das hatte sie am nächsten Morgen, noch ehe die Russen kamen, noch getan. Danach hatte sie das Gift nicht mehr genommen, hatte vielleicht gehofft, von den fremden Soldaten erschlagen zu werden, die erschlugen aber niemanden, vergewaltigten auch niemanden, wenigstens in dieser Straße nicht. So mußte die Frau noch erfahren, daß alle Leute im Haus und auch ihre schöne junge Tochter ganz unnötigerweise in den Tod gegangen waren und sich Vorwürfe machen, daß sie nicht zum Guten geredet hatte, zum Leben, zum Abwarten, was ihr besonders später, als die ruhigeren Zeiten kamen, ganz unbegreiflich erschien.

Marieluise Kaschnitz

5

Das weiße Band am Apfelbaum

Einmal saß ich bei einer Bahnfahrt neben einem Mann, dem sichtlich etwas Schweres auf dem Herzen lastete. Schließlich rückte er dann auch damit heraus, daß er ein entlassener Sträfling und jetzt auf der Fahrt nach Hause sei. Seine Verurteilung hatte Schande über seine Frau und seine Kinder gebracht, sie hatten ihn nie im Gefängnis besucht und auch nur ganz selten geschrieben. Er hoffte aber trotzdem, daß sie ihm verziehen hatten.
Um es ihnen aber leichter zu machen, hatte er ihnen in einem Brief vorgeschlagen, sie sollten ihm ein Zeichen geben, an dem er, wenn der Zug an der kleinen Farm vor der Stadt vorbeifuhr, sofort erkennen könne, wie sie zu ihm stünden. Hatten die Seinen ihm verziehen, so sollten sie in dem Apfelbaum an der Strecke ein weißes Band anbringen. Wenn sie ihn aber nicht wieder daheim haben wollten, sollten sie gar nichts tun, dann werde er im Zug bleiben und weiterfahren, weit weg, Gott weiß, wohin.
Als der Zug sich seiner Heimatstadt näherte, wurde seine Spannung so groß, daß er es nicht über sich brachte, aus dem Fenster zu schauen. Ein anderer Fahrgast tauschte den Platz mit ihm und versprach, auf den Apfelbaum zu achten. Gleich darauf legte der dem jungen Sträfling die Hand auf den Arm. »Da ist er«, flüsterte er, und Tränen standen ihm plötzlich in den Augen, »alles in Ordnung. Der ganze Baum ist voller weißer Bänder«.
In diesem Augenblick schwand alle Bitternis, die ein Leben vergiftet hatte. »Mir war«, sagte der Mann später, »als hätt' ich ein Wunder miterlebt. Und vielleicht war's auch eines.«

Nach John Kord Lagemann

6
Erstaunliche Besserung

Der Arzt machte ein bedenkliches Gesicht. Seit zehn Tagen liegt sein Patient, Herr Neuhaus, in unverändert kritischem Zustand im Bett. Die Verbrennungen breiten sich über so große Teile seines Körpers aus, daß das Überleben fraglich ist.
Herr Neuhaus spürt genau, wie es um ihn steht. Verzweiflung und Hoffnung wechseln. Selbstaufgabe und Kampf streiten gegeneinander. Jeden Tag macht er wieder neu mit sich selbst aus, daß er sein Leben zurückgeben will. Und jeden Tag kämpft er wieder neu um sein Leben. Laut schreit er seine Gebete zum offenen Fenster hinaus: »Gott, wenn es dich gibt, so zeige deine Macht jetzt, da ich dich brauche!«
Vier Tage später schüttelt der untersuchende Arzt den Kopf. Er mißt den Blutdruck ein zweites Mal. Dreimal schaut er die Laborwerte an. Schließlich fragt er: »Was ist geschehen, Herr Neuhaus? Von einem Tag auf den andern sind alle Werte viel besser. Ihr Überleben scheint gesichert. Was ist mit Ihnen geschehen?«
Herr Neuhaus lächelt. Langsam nickt er mit dem Kopf und sagt: »Ja, es ist etwas geschehen – gestern – gestern nachmittag. Mein sechsjähriger Enkel hat mich besucht. Er hat zu mir gesagt: ›Großvati, jetzt mußt du wirklich bald nach Hause kommen, mein Fahrrad ist defekt!‹«

Martin Lienhard

7
Das Altern

Ein Spielmann spielte Rabbi Chanoch vor. Der sagte: »Auch Melodien, die altern, verlieren den Geschmack. Diese hat uns vormals, als sie bei Rabbi Bunam gespielt wurde, das Herz erhoben. Jetzt ist ihr Geschmack verlorengegangen. So ist es in Wahrheit. Man muß sich auf das Alter sehr rüsten und bereiten. Wir beten: ›Wirf uns nicht hinweg zur Zeit des Alters!‹ Denn dann geht der Geschmack verloren. Aber zuweilen ist gerade dies das Gute. Denn sehe ich, daß ich nach allem, was ich getan habe, gar nichts bin, so muß ich eben von neuem zu arbeiten beginnen. Und es heißt von Gott im Gebet: ›Der an jedem Tag das Werk der Schöpfung erneut.‹«

Martin Buber

8
Die Belohnung

Der Kalif Harun al Raschid traf, als er einst auf der Jagd war, einen alten Mann an, der einen Nußbaum pflanzte. »Welch ein Tor ist dieser Alte!« sagte der Kalif zu seinen Begleitern; »er tut, als ob er noch ein Jüngling wäre und die Früchte von diesem Baume genießen würde.« Da seine Gefährten gleichfalls über diesen Alten lachten, so ging der Kalif auf ihn zu und fragte, wie alt er sei. »Über achtzig Jahr, Herr«, war die Antwort; »aber gottlob! noch so gesund, wie einer von dreißig.« »Wie lange gedenkst du denn noch zu leben«, sprach der Kalif weiter, »daß du in einem solchen Alter noch junge Bäume pflanzest, die so späte Früchte tragen? Warum machst du dir so vergebliche Arbeit?«

»Herr«, gab der Alte zur Antwort, »ich bin zufrieden, wenn ich die Bäume gepflanzt habe, ohne mich darum zu bekümmrn, ob ich oder ein anderer die Früchte derselben genießen werde. Es ist billig, daß wir tun, wie unsere Väter taten. Sie pflanzten Bäume, deren Früchte wir aßen; da wir nun der Väter Arbeit genossen haben, warum sollten wir nun gegen unsere Nachkommen neidischer sein, als jene gegen uns waren? Ich denke, was der Vater nicht genießt, das erntet der Sohn.«

Aus dem Orient

9

Das Kummet

Der Hof war weit und sauber, von mehrstöckigen weißen Gebäuden umstellt. Eines der Gebäude diente der Viehvernichtung, ein anderes der Vernichtung landwirtschaftlicher Produkte, in einem dritten wurden Umschulungsanträge behandelt, in einem vierten befand sich die Bank. Die Kasse zahlte für jeden Hektar Ödland, jeden verschrotteten Traktor, jedes aufgegebene Anwesen, jeden leeren Stall. Die Bauern, die ihre Tiere und Maschinen, ihr Obst und ihre Feldfrucht abgeliefert hatten, kamen aus dem Bankgebäude in guter Laune, lachend und schwatzend bestiegen sie die Autobusse, die sie in ihre Gemeinden zurückfahren sollten. Zuletzt kam noch einer gelaufen, der in seiner einen Hand ein Bündel Banknoten und in der andern ein Kummet trug. Er stieg in den Autobus und versuchte, das Kummet unterzubringen und alle, die da schon saßen und auf die Abfahrt warteten, brachen in lautes Gelächter aus. Aber nach einer Weile wurden sie still und starrten das Kummet an, das wunderlich sperrige, nutzlose Ding.

Marieluise Kaschnitz

10
Chipko

Die Chipko-Bewegung wurde von Landfrauen in Nordindien organisiert, um ihre Wälder, ihren Unterhalt, ihre Nahrung, ihr Leben zu beschützen. Als die mechanischen Sägen kamen, um ihre Bäume zu fällen, umschlang jede Frau einen Baum, um ihn zu schützen, bereit, ihr eigenes Leben aufs Spiel zu setzen. ›Chipko‹ heißt umschlingen, es war ein Schlüsselwort für die Forderung der Frauen eines ganzen Stammes für Leben in seiner ganzen Fülle. Der Kampf dieser Frauen richtete sich gegen das ›Beast‹, das Ungeheuer, das über die Ressourcen der Welt verfügt, über das Land, das Kapital, menschliche Arbeit und sogar über den Geist von Menschen.

Aruna Gnadason

11
Alarm

Ein Geräusch in meinem Traum, unangenehm und beharrlich, geht so lange nicht weg, bis ich aufwache und merke, daß es nicht aus meinem Innern kommt, sondern von draußen. Mein Schlafzimmerfenster steht einen Spalt offen, und was ich höre, läßt keinen Zweifel zu: Es sind Alarmsirenen, die durch die nächtliche Stille brüllen.
Ich stehe auf, benommen, gehe in die Küche hinüber und schaue zum Fenster hinaus auf die Straße. Nichts Außergewöhnliches, kein Widerschein einer Katastrophe am Himmel. Es ist Sonntagmorgen, 4. Dezember, halb drei Uhr. Niemand flüchtet durch die leeren Straßen, mit einem Bündel auf dem Rücken, niemand packt fieberhaft

sein Auto, nur dieses Geräusch draußen, das sich durchs Quartier fortpflanzt wie das Gebell von Hunden, die sich gegenseitig anstacheln.
Was könnte passiert sein? Der Sihlsee? Die ersten SS-20 und Pershing II? Ich gehe zum Telefonbuch und suche die Alarmseite, die zweitvorderste, glaube ich, doch da sind nur Dienstnummern und Erläuterungen, Taxauskunft Ausland, Lawinenbulletin, die gebräuchlichsten Zusatzapparate – ach, es muß die zweithinterste Seite sein, richtig, da ist sie, Alarmierung der Bevölkerung in Friedenszeiten, das wäre also jetzt, es ist doch Friedenszeit, Advent sogar, und warum heulen diese üblen Wachhunde von allen Dächern? Es gibt, stelle ich langsam erwachend fest, einen allgemeinen Alarm, der ist es nicht, und es gibt einen Wasseralarm, der ist es auch nicht, und es gibt einen unterbrochenen an- und abschwellenden Heulton von 2 Minuten, das ist der Strahlenalarm, und der ist es.
Jetzt erschrecke ich. Kann das sein, daß es soweit ist? Aber was und wo? Beznau? Ich habe kürzlich etwas über den Zustand der Dampferzeugerrohre gelesen, reines Flickwerk. Doch nicht etwa Gösgen? Oder Frankreich? Fessenheim? Der schnelle Brüter von Malville? Ist die Magnesiumkühlung in die Luft gegangen? Jedenfalls teilt das Telefonbuch ganz klar mit, was von dieser Warnung zu halten ist: »Gefährdung steht unmittelbar bevor.«
Ich schalte das Radio ein, auch das eine Empfehlung des Telefonbuches. Die Batterien meines Transistors, den ich jetzt in den Keller mitnehmen sollte, sind aus, ich wollte schon längst neue kaufen, ich setze mich ans Zimmerradio. Auf DRS weicher Nachtsound, schläfrig und ungefährdet. Oder ist es auf Zürich beschränkt? Chemieunfall in einem Lagerraum in Kloten? Dann wäre nun die Stunde der Lokalradios da. Radio Z, Radio 24, Radio Zürisee, überall der gleiche musikalische Landregen, aber auch keine Stimme, die einem sagt, es sei alles in Ordnung.

Ich bin Familienvater, meine Frau und die Kinder schlafen (wie nur?), ich will für sie das Bestmögliche tun. Ich gehe zum Telefon.
Die Polizei ist besetzt.
Hätten wir Wasser im Keller? Seit Wochen wollte ich neues Mineralwasser holen, in den Harassen stehen nur noch leere Flaschen. Die Decken könnten wir einfach alle unter den Arm nehmen, es ist ja kalt unten. Der Hund? Kommt mit, selbstverständlich, ein Trost für die Buben.
Die Polizei ist besetzt.
Ich bin nicht der einzige, der anfragt. Jetzt haben die Sirenen aufgehört. Aus den Lokalradios regnet es weiter. Keine Meldung. Wachsende Erleichterung. Es kann nichts Ernstes sein, aber dennoch, ich will es selbst hören.
Jetzt bin ich dran. »Hallo«, sage ich, »was ist das für ein Sirenenalarm in Oerlikon?« Und da kommt sie, freundlich und hilfreich, die frohe Botschaft an die Bevölkerung in Friedenszeiten: »Fehlalarm. Technischer Defekt.«
»Das ist ja beruhigend«, sage ich und hänge auf.
Aber eigentlich bin ich nicht beruhigt. Obwohl sich herausgestellt hat, daß nichts war, kann ich nicht mehr einschlafen. Es war eben trotzdem etwas. Es war der Auftritt eines Gespensts. Sein Name: technischer Defekt. Und im Morgengrauen bleibt das unbehagliche Gefühl zurück, es könnte nur ein Zufall sein, wo das Gespenst zum nächstenmal erscheint.

Franz Hohler

12
Der Aufschub

Bei dem berühmten Ausbruch des Helgafell, eines Vulkans
auf der Insel Heimaey, live übertragen von einem Dutzend
hustender Fernsehteams, sah ich, unter dem Schwefelregen,
einen älteren Mann in Hosenträgern, der, achselzuckend
und ohne sich weiter zu kümmern um Sturmwind, Hitze,
Kameraleute, Asche, Zuschauer (unter ihnen auch ich
vor dem bläulichen Bildschirm auf meinem Teppich),
mit einem Gartenschlauch, dünn aber deutlich sichtbar,
gegen die Lava vorging, bis endlich Nachbarn, Soldaten,
Schulkinder, ja sogar Feuerwehrleute mit Schläuchen,
immer mehr Schläuchen, gegen die heiße, unaufhaltsam
vorrückende Lava eine Mauer aus naß erstarrter
kalter Lava höher und höher türmten, und so,
zwar aschgrau und nicht für immer, doch einstweilen,
den Untergang des Abendlandes aufschoben, dergestalt,
daß, falls sie nicht gestorben sind, auf Heimaey,
einer Insel unweit von Island, heute noch diese Leute
in ihren kleinen Holzhäusern morgens erwachen
und nachmittags, unbeachtet von Kameras, den Salat
in ihren Gärten, lavagedüngt und riesenköpfig,
sprengen, vorläufig nur, natürlich, doch ohne Panik.

Hans Magnus Enzensberger

13
Kohlmeise und Taube

»Wieviel wiegt eine Schneeflocke?« fragte eine Kohlmeise eine Taube.
»Nicht mehr als nichts«, kam die Antwort.
»Da muß ich dir eine wunderbare Geschichte erzählen«, sagte die Kohlmeise. »Ich saß einmal auf einem Tannenzweig, dicht am Stamm, und es fing an zu schneien. Es war kein wilder Sturm oder Schneegestöber. Nein, ganz wie ein Traum, ohne Wucht. Ich hatte nichts Besseres zu tun, so fing ich an, die Schneeflocken zu zählen, die sich auf den Zweigen und Nadeln meines Astes aufhäuften. Schließlich waren es genau 3471952. Als die nächste Schneeflocke sanft auf den Zweig fiel, nicht mehr als nichts wiegend, brach der Zweig ab und fiel zur Erde.«
Somit am Ende ihrer Erzählung, lief die Kohlmeise davon. Die Taube, schon seit Noahs Zeiten Spezialistin in diesen Fragen, bedachte sorgfältig diese Geschichte und meinte schließlich: »Vielleicht fehlt nur noch eine Menschenstimme, um Frieden in die Welt zu bringen.«

Anonym

14
Die Stadt des Friedens

Ein Mann hatte zwei Söhne
und als er starb, bekamen beide die Hälfte seines Landes.
Der eine Sohn war reich,
aber er hatte keine Kinder,
der andere hatte sieben Söhne und war arm.
In dieser Nacht konnte der reiche Sohn nicht schlafen.
Mein Vater hat sich geirrt, dachte er,
denn ich bin reich, aber mein Bruder ist arm

und hat kein Land für so viele Söhne.
Und er stand auf und machte sich auf den Weg,
um noch vor dem Morgengrauen
die Grenzpfähle zu versetzen.
Auch der arme Sohn lag in dieser Nacht wach.
Mein Vater hat sich geirrt, dachte er,
denn ich habe meine sieben Söhne,
aber mein Bruder ist einsam – und er stand auf
und machte sich auf den Weg, um noch vor dem Morgen-
grauen
die Grenzpfähle zu versetzen.
Als der Tag anbrach, begegneten sie einander.

Ich sage euch, an dieser Stelle
wird die Stadt des Friedens entstehen.

Huub Oosterhuis

Nachweise

14 Botho Strauß, Psst!, aus: Ders., Paare Passanten, © 1981 Carl Hanser Verlag München/Wien.*

15 Botho Strauß, In einem Restaurant, aus: Ders., Paare Passanten, aaO.*

Bruno Doerig, Die Geschichte von der Nase, aus: Ders., Bewußter leben lernen, Noah-Verlag Schitter, CH-9413 Oberegg.

16 Marion Gräfin Dönhoff, Klassentreffen, aus: Dies., Menschen, die wissen worum es geht. Politische Schicksale 1916 bis 1976, Hoffmann und Campe Verlag, Hamburg 1976.*

Botho Strauß, Der Deserteur, aus: Ders., Paare Passanten, aaO.*

17 Dorothee Sölle, Das war Gnade, aus: Dorothee Sölle/Fulbert Steffensky, Nicht nur Ja und Amen, rotfuchs 324, Copyright © 1983 by Rowohlt Taschenbuch Verlag GmbH, Reinbek bei Hamburg.*

18 Alexander Solschenizyn, Gewitter in den Bergen, aus: Ders., Im Interesse der Sache. Gesammelte Erzählungen, 1970 © by Luchterhand Literaturverlag GmbH, Darmstadt.

19 Aus dem Orient, Das Gebet und die Arbeit, aus: A. J. Liebeskind, Palmblätter, 1800. Neu hg. von Hermann Hesse, Morgenländische Erzählungen, in: Gesammelte Werke, © Suhrkamp Verlag Frankfurt am Main, 1970.

20 Martin Lienhard, Das Frühstück. Noch unveröffentlicht.

21 Andreas Hohn, Gut und Böse, aus: Leiterbrief der Jungen Kirche Schweiz, 229/4, Januar 1986, CH-8032 Zürich.

22 Aus Grönland, Die Seele des Wals, aus: Knut Rasmussen, Die Gabe des Adlers. Eskimoische Märchen aus Alaska, übers. und bearb. von Aenne Schmükker, Verlag Kurt Schütte, Frankfurt o. J.

24 Martin Lienhard, Schneeformen. Noch unveröffentlicht.

25 Martin Buber, Der Wächter, aus: Ders., Die Erzählungen der Chassidim, Manesse Verlag, Zürich 1949.
Adolf Muschg, Da stand ich, aus: Ders., Literatur als Therapie? es 1065, © Suhrkamp Verlag Frankfurt am Main 1981.*

27 Martin Lienhard, Irgendwo ist überall. Noch unveröffentlicht.

30 Günther Weisenborn, Eine Tür öffnen, aus: Ders., Memorial. Verlag Kurt Desch GmbH, München o. J.

31 Martin Lienhard, Brüchiges Eis. Noch unveröffentlicht.
Franz Kafka, Fürsprecher, aus: Ders., Beschreibung eines Kampfes. Novellen, Skizzen, Aphorismen aus dem Nachlaß, © 1964 (1965) by Schocken Books Inc., New York City, USA. Abdruck mit Genehmigung der S. Fischer Verlag GmbH, Frankfurt am Main.

34 Alfred Döblin, Ein einfacher Baum, aus: Ders., Hamlet oder die lange Nacht nimmt ein Ende. Roman (Ausgewählte Werke 11), Walter Verlag Olten/Freiburg ^{4}1983.*

35 Günter Seuren, Das Experiment, aus: Frankfurter Allgemeine Zeitung vom 6. Februar 1965.

38 E. M. Cioran, Nach Nazareth, aus: Ders., Vom Nachteil, geboren zu sein, übers. von François Bondy, © Suhrkamp Verlag Frankfurt am Main 1979.*
Fulbert Steffensky, Die Perle, aus: Radius 4/1987.*

39 Antoine de Saint-Exupéry, Wecke die Sehnsucht, aus: Ders., Romane, Dokumente, © Karl Rauch Verlag KG, Düsseldorf 1966.*

40 Aus Griechenland, Der Glückliche. Quelle unbekannt.
Reinhard Pertsch, Der Weg durch das Schneetal. Noch unveröffentlicht.

45 Alois Brandstetter, Curriculum vitae, aus: Ders., Überwindung der Blitzangst, © 1971 Residenz Verlag Salzburg und Wien.

46 Kurt Marti, Meine Angst läßt grüßen, © Kurt Marti, CH-3006 Bern.
47 Aus Indien, Frag das Pferd! Quelle unbekannt.
Aus dem Orient, Flucht vor dem Schatten. Quelle unbekannt.
48 Dorothee Sölle, Die schwierige Tante, aus: Dorothee Sölle/Fulbert Steffensky, Nicht nur Ja und Amen, aaO.*
49 William Faulkner, Dem Schatten verhaftet: aus: Ders., Licht im August. Copyright © 1935 by Rowohlt Verlag Berlin.*
Martin Buber, Das eigentliche Exil, aus: Ders., Die Erzählungen der Chassidim, aaO.
50 Martin Buber, Die kleine Hand, aus: Ders., Die Erzählungen der Chassidim, aaO.
Paul Watzlawick, Flitterwochen, aus: Ders., Wie wirklich ist die Wirklichkeit? R. Piper & Co. Verlag, München 1976.*
51 Dag Hammerskjöld, Als es zur Krise kam, aus: Ders., Zeichen am Weg, © 1965 Droemer Knaur Verlag, München.*
52 Johannes Kuhn, Der jüngste Sohn, aus: Ders., Ermunterung. Zum Anfangen und Atemholen, Kreuz Verlag Stuttgart 1980.
53 Cilly Schwerdt, Der wilde Löwe im Traum, aus: Dies., Hunger auf Blüten, Peter Hammer Verlag, Wuppertal 1986.*
54 Nur ein Paar Füße, aus: P. Musall (Hg.), Den Himmel erzählen. Ein Vorlesebuch zu den Gleichnissen der Bibel, Burckhardthaus-Verlag, Gelnhausen 1984.
55 E. M. Cioran, Die heilsame Reise, aus: Ders., Vom Nachteil, geboren zu sein, aaO.*
Max Frisch, Alcoholics Anonymous, aus: Ders., Tagebuch 1966–1971, © Suhrkamp Verlag Frankfurt am Main 1972.
56 Johannes Kuhn, Die Geschichte vom Bambus, aus: Ders., Ermunterung, aaO.

60 Sir Arthur Eddington, Das Netz des Experten, aus: Süddeutsche Zeitung vom 30. Mai 1988.*
Augusto Monterroso, Simson und die Philister, aus: Ders., Das gesamte Werk und andere Fabeln, © 1973 by Diogenes Verlag AG, Zürich.

61 Benedikt Sarkow, Wer hat das Aufstehen organisiert?, aus: Süddeutsche Zeitung vom 19. Mai 1988*.
Martin Lienhard, Der erste Flug. Noch unveröffentlicht.

62 Sa'di, Der invalide Fuchs, aus: Anthony de Mello, Warum der Vogel singt, Herder Verlag Freiburg [6]1987.

63 Leo N. Tolstoi, Drei Fragen. Textfassung nach: Ernst Lange, Meisterung des Lebens. Eine Besinnung für junge Menschen, Burckhardthaus-Verlag Gelnhausen 1957.

67 Michael Ende, Das Geheimnis des alten Straßenkehrers Beppo, aus: Ders., MOMO. Ein Märchen-Roman, K. Thienemanns Verlag, Stuttgart 1973.*

68 Paul Watzlawick, Übersetzungskunst, aus: Ders., Wie wirklich ist die Wirklichkeit?, aaO.*

69 Leo Lionni, Swimmy. Deutsch von James Krüss. © 1964 Gertraud Middelhauve Verlag GmbH & Co., Köln.

71 Helmut Ludwig, Istanbul. © Helmut Ludwig, 6434 Niederaula.

73 Martin Buber, Der Gang auf dem Seil, aus: Ders., Die Erzählungen der Chassidim, aaO.

74 Martin Buber, Wo wohnt Gott?, aus: Ders., Die Erzählungen der Chassidim, aaO.

76 Richard Brautigan, Ein Nachmittag 1939, aus: Ders., Die Rache des Rasens. Geschichten 1962–1970, Verlag Günter Ohnemus, München 1978. © Eichborn Verlag, Frankfurt am Main.

78 Peter Härtling, Die Fragenden. © Peter Härtling, 6082 Mörfelden-Walldorf.

79 Botho Strauß, Der Richter und der alte Mann, aus: Ders., Paare Passanten, aaO.*

80 Erich Fried, Die Tragödie, aus: Ders., Fast alles Mögliche, Verlag Klaus Wagenbach, Berlin 1975.
Bertolt Brecht, Der Soldat von La Ciotat, aus: Ders., Ges. Werke 11, © Suhrkamp Verlag Frankfurt am Main 1967.

83 Wolfgang Borchert, Lesebuchgeschichte, Auszug aus: Ders., Lesebuchgeschichten, aus: Wolfgang Borchert, Das Gesamtwerk, Copyright © 1949 by Rowohlt Verlag GmbH, Hamburg.*
Botho Strauß, Im Kino, aus: Ders., Paare Passanten, aaO.*

84 Dorothee Sölle, Das Mädchen in der Straßenbahn, aus: Dies., Und ist noch nicht erschienen, was wir sein werden, dtv 10835, 1987, © Kreuz Verlag Stuttgart.*

85 Franz Kafka, Zwei Gegner, aus: Ders., Beschreibung eines Kampfes, aaO.
Ulrich Kabitz, Die Frau mit den Koffern. Noch unveröffentlicht.

86 Günter Kunert, Erinnerung an Gott, aus: Ders., Tagträume in Berlin und andernorts. Kleine Prosa. Erzählungen. Aufsätze, © 1972 Carl Hanser Verlag München/Wien. Lieferbar als Fischer-TB 1437.

87 Hermann Hesse, Vorfrühling, aus: Ders., Das Glasperlenspiel, © Suhrkamp Verlag Frankfurt am Main 1963.*

91 Georg Kugler, Fortsetzung mit Noah, aus: Kirche im Rundfunk. Evangelische Ansprachen im Bayerischen Rundfunk, Verlag Evang. Presseverband München.*

94 Franz Kafka, Das Stadtwappen, aus: Ders., Beschreibung eines Kampfes, aaO.

96 Woody Allen, Kein Sinn für Humor, aus: Ders., Die Schriftrollen, in: Ohne Leit kein Freud, Rowohlt-TB 4746, © Verlag Rogner & Bernhard, München 1979.*

98 Robert Walser, Saul und David, aus: Ders., Erzählungen, Band 6, © Suhrkamp Verlag Zürich/Frankfurt am Main 1978. Abdruck mit Genehmigung der In-

haberin der Rechte, der Carl Seelig-Stiftung Zürich.

101 Thomas Brasch, Das Bild Davids, aus: Die Zeit vom 24. März 1978.

103 Karel Čapek, Von den fünf Broten, aus: Ders., Von Prometheus bis Napoleon, Gebr. Weiß Verlag, Berlin 1964.

106 Lothar Zenetti, Ja, früher…, aus: Ders., Die wunderbare Zeitvermehrung. Variationen zum Evangelium, J. Pfeiffer Verlag, München 1979.

110 Alois Brandstetter, Lambach II, aus: Ders., Überwindung der Blitzangst, aaO.

112 Martin Buber, Die Verlorene, aus: Ders., Die Erzählungen der Chassidim, aaO.

Adalbert Ludwig Balling, Glück oder Unglück, aus: Ders., Das Glück wurde als Zwilling geboren, Verlag Mariannhill, Würzburg.

114 Jean-Paul Rüttimann, Der Geisterwald. Noch unveröffentlicht.

Konstantin Paustowskij, Die Hasenpfoten, aus: Die besten Kurzgeschichten der Welt, © 1982 by Nymphenburger Verlagsbuchhandlung GmbH in der F. A. Herbig Verlagsbuchhandlung GmbH München.

120 Aus dem Orient, Der hungrige Araber, aus: Hermann Hesse (Hg.), Morgenländische Erzählungen, aaO.

121 Klaus Bäumlin, Gespräch über persönliche Sicherheit, aus: Sämann, Juni 1984, Bern.

122 Lore Graf, Nicht nachdenken. Noch unveröffentlicht.

Jean-Paul Rüttimann, Genug für zwei Jahre. Noch unveröffentlicht.

123 Adolf Muschg, Der Arzt in Hongkong, aus: Ders., Literatur als Therapie?, aaO.*

125 Rosemarie Harbert, Der beste Augenblick dieses Tages, aus: Anneliese Knippenkötter (Hg.), Zum Leben gerufen, Klens Verlag, Düsseldorf 1984.

127 Lore Graf, Vertrauen. Noch unveröffentlicht.

Aus dem Orient, Das Wasser des Lebens, aus: Hermann Hesse (Hg.), Morgenländische Erzählungen, aaO.

129 Bernard Narokobi, Der Tod meiner Mutter, aus: Hanna Arens (Hg.), Pandamus wächst niedrig im Sand. Liebe, Leben und Tod auf den pazifischen Inseln, Brunnen Verlag, Gießen 1988.

131 Bettina Lienhard, Die Maus und das Murmeltier. Noch unveröffentlicht.

132 Aus Asien, Das himmlische Mahl. Quelle unbekannt.

134 Ernst Bloch, Verschiedenes Bedürfen, aus: Ders., Spuren. © Suhrkamp Verlag Frankfurt am Main 1979.

135 Luigi Malerba, Sightseeing in Rom, aus: Ders., Taschenabenteuer, Verlag Klaus Wagenbach, Berlin 1985.

136 Oriana Fallaci, Rip van Winkle, aus: Dies., Ein Mann. Roman, © 1980 Kindler Verlag, München.*

137 Dorothee Sölle, Unterdrückungsgequassel, aus: Dies., Es ist noch nicht erschienen, aaO.*
Johann N. Nestroy, Der Kerl könnt' ein Rauber sein, aus: Ders., Funken der Heiterkeit, ausgew. von H. Lederer, Manutiuspresse, Wien 1976.

138 Max Frisch, Es ist ein Spiel, aus: Ders., Tagebuch 1966–1971, aaO.*

139 Paul Watzlawick, Ein Orden für Ungehorsam, aus: Ders., Wie wirklich ist die Wirklichkeit?, aaO.*

140 Lü Bu We, Erbitterte Feinde, aus: Wenn ein Blatt sich bewegt, kann auch der Ast erzittern, Wien/Leipzig 1938.*

141 Marieluise Kaschnitz, Gelebt wie Dämonen, aus: Dies., Auf der Engelsbrücke. Römische Betrachtungen, © 1955 by Claassen Verlag GmbH Hamburg und 1988 by claassen Verlag GmbH, Düsseldorf.

143 Ans Leben denken, aus: Die Zeit, 22. Januar 1988.
Marieluise Kaschnitz, Das letzte Buch, aus: Dies., Steht noch dahin. Neue Prosa. © Insel Verlag Frankfurt am Main 1970.

144 Yushi Nomura, Maria kam gewiß nicht ohne Martha aus, aus: Ders., Vom Anzünden des göttlichen Feuers, Herder Verlag Freiburg 1983.

146 Hoimar von Ditfurth, Der Hirschkäfer und die neue Ära, aus: Ders., Wir sind nicht nur von dieser Welt. Naturwissenschaft, Religion und die Zukunft des Menschen, Hoffmann und Campe Verlag, Hamburg 1981.*

147 Dorothee Sölle, Kinder in Auschwitz, aus: Dies., Wählt das Leben, Kreuz Verlag Stuttgart 1980.*
Ernst Bloch, Eingang ins Bild, aus: Ders., Spuren, aaO.*

148 Marieluise Kaschnitz, Die Überlebende, aus: Dies., Tage, Tage, Jahre. Aufzeichnungen, © Insel Verlag Frankfurt am Main 1968.

150 John Kord Lagemann, Das weiße Band am Apfelbaum, aus: Exodus 4. Schuljahr, Kösel Verlag München/Patmos Verlag Düsseldorf.

151 Martin Lienhard, Erstaunliche Besserung. Noch unveröffentlicht.

152 Martin Buber, Das Altern, aus: Ders., Die Erzählungen der Chassidim, aaO.
Aus dem Orient, Die Belohnung, aus: Hermann Hesse (Hg.), Morgenländische Erzählungen, aaO.

153 Marieluise Kaschnitz, Das Kummet, aus: Dies., Steht noch dahin, aaO.

154 Aruna Gnadason, Chipko, aus: Marga Bührig, Die unsichtbare Frau und der Gott der Väter, Kreuz Verlag Stuttgart 1987.*
Franz Hohler, Alarm. © Franz Hohler, CH-8000 Zürich.

157 Hans Magnus Enzensberger, Der Aufschub, aus: Ders., Der Untergang der Titanic. Eine Komödie, © Suhrkamp Verlag Frankfurt am Main 1978.

158 Kohlmeise und Taube. Quelle unbekannt.
Huub Oosterhuis, Die Stadt des Friedens, aus: Ders., Die Söhne des Armen, Herder Verlag Wien 1981.

Bei den mit * bezeichneten Texten wurde der Titel eigens für dieses Buch formuliert.
Allen hier genannten Autoren, Verlagen und Redaktionen danken wir für ihre Zustimmung zum Abdruck.

KAISER TASCHENBÜCHER

48 Helmut Gollwitzer, Umkehr und Revolution. Aufsätze zu christlichem Glauben und Marxismus Bd. 2, hg. von Christian Keller, Ausgewählte Werke Bd. 7, 288 Seiten, kart. ISBN 3-459-01778-3 (Originalausgabe)

49 Helmut Gollwitzer, Auch das Denken darf dienen. Aufsätze zu Theologie und Geistesgeschichte Bd. 1, hg. von Friedrich-Wilhelm Marquardt, Ausgewählte Werke Bd. 8, 432 Seiten, kart. ISBN 3-459-01779-1 (Originalausgabe)

50 Helmut Gollwitzer, Auch das Denken darf dienen. Aufsätze zu Theologie und Geistesgeschichte Bd. 2, hg. von Friedrich-Wilhelm Marquardt, Ausgewählte Werke Bd. 9, 288 Seiten, kart. ISBN 3-459-01780-5 (Originalausgabe)

51 Bibliographie Helmut Gollwitzer, hg. von Christa Haehn, mit einem Essay „Helmut Gollwitzer. Weg und Werk" von Friedrich-Wilhelm Marquardt, Ausgewählte Werke Bd. 10, 176 Seiten, kart. ISBN 3-459-01781-3 (Originalausgabe)

52 James W. Fowler, Glaubensentwicklung. Perspektiven für Seelsorge und kirchliche Bildungsarbeit, eingeführt und herausgegeben von Friedrich Schweitzer. Aus dem amerikanischen Englisch übersetzt von Sieglinde Denzel und Susanne Naumann, 179 Seiten, kart. ISBN 3-459-01797-X (Originalausgabe)

53 Die heilsame Reise. Kurze Geschichten zum Nachdenken, hg. von Ulrich Kabitz mit Lore Graf, Martin Lienhard und Reinhard Pertsch. 170 Seiten, kart. ISBN 3-459-01798-8 (Originalausgabe)

54 Gert Otto, Sprache als Hoffnung. Über den Zusammenhang von Sprache und Leben, 110 Seiten, kart. ISBN 3-459-01799-6 (Originalausgabe)

55 Alfred Walter, AIDS als Versuchung. Christliche Existenz und schwere Krankheit, 185 Seiten, kart. ISBN 3-459-01800-3 (Originalausgabe)

56 Gustav W. Heinemann, Unser Grundgesetz ist ein großes Angebot. Rechtspolitische Schriften, hg. von Jürgen Schmude, 267 Seiten, kart. ISBN 3-459-01801-1 (Originalausgabe)

57 Frieden und Gerechtigkeit. Auf dem Weg zu einer ökumenischen Friedensethik, hg. von Götz Planer-Friedrich, 234 Seiten, kart. ISBN 3-459-01802-X (Originalausgabe)

58 Hans Frör, Spielend bei der Sache. Spiele für Gruppen, 104 Seiten, kart. ISBN 3-459-01803-8

59 Arnold Gilg, Weg und Bedeutung der altkirchlichen Christologie, 108 Seiten, kart. ISBN 3-459-01804-6

60 Yorick Spiegel, Der Prozeß des Trauerns. Analyse und Beratung, 324 Seiten, kart. ISBN 3-459-01805-4

61 Jürgen Moltmann, Kirche in der Kraft des Geistes. Ein Beitrag zur messianischen Ekklesiologie, 407 Seiten, kart. ISBN 3-459-01806-2